Enchanting the Earl
by Lily Maxton

壊れた心のかけら

リリー・マクストン
草鹿佐恵子=訳

マグノリアロマンス

わたしと同じく
風の吹きすさぶ原野《ムーア》を愛する母に。

主な登場人物

アナベル・ロックハート——伯母とともにハイランドの城で暮らす女性。
セオ・タウンゼンド——アーデン伯爵。元兵士。
フランセス・ブレア——アナベルの伯母。元女優。
フィオーナ・マクケンドリック——アナベルの妹。
メアリー・マクケンドリック——フィオーナの娘。
ロバート・タウンゼンド——セオの弟。
ジョージーナ・タウンゼンド——セオの妹。
エレノア・タウンゼンド——セオの妹。
カトリオナ——城の使用人。
イアン・キャメロン——土地差配人。
コリン・マクケンドリック——フィオーナの夫。
ウェストバラ子爵——コリンの兄。

壊れた心のかけら

プロローグ

一八一二年
スコットランド、ハイランド地方

どんな状況であっても、予想外のノックには驚かされる。なにしろアナベル・ロックハートはスコットランド、ハイランド地方の人里離れたところで暮らしているのだから。そして真夜中の予想外のノックには、殺人と陰謀渦巻く小説を読みながら眠りに落ちていた彼女を図書室の長椅子からあわてて立ちあがらせ、胸をどきどきさせてよろめく足で玄関ホールへと向かわせる効果があった。

ふと思いついて近くの小テーブルにある花瓶をつかんだあと、その壊れやすそうな物体を自信なさげに眺めた。ゴシック小説の愛読者でなくとも、丸腰でノックに応えるのが愚かであることは知っている。でもどうせ武装するなら、伯母が戸棚の隠し金庫に入れている拳銃のほうがよかったかもしれない。

ふたたびノックの音がした。さっきよりもっと大きく、もっとせわしない、くっきりとした小刻みな音。

アナベルはため息をつき、花瓶だけを持ったまま歩きつづけた。人殺しならノックなどしないはずだ。

するかしら？

けれどアナベルには子どものころから衝動的な性質がある。必要だと思ったときはその性質を隠してきたとはいえ、どうせうまく隠せなかったし、いまは隠す必要も感じていない。人生は少々危険なほうが面白い、と昔から思っている。

城の重い扉を大きく開けた。吹きこんできた突風と霧によろよろとあとずさり、急に感覚のなくなった指は花瓶を離した。花瓶が床に落ちて割れる音が、まるで歌うように響く。アナベルは呆然と、五年間会っていなかった妹の目を見つめた。

「フィオーナ？」小声で言う。「あなた、いったいどうしたの？」

1

セオ・タウンゼンドは目をぱちくりさせた。自分が相続することになったこの遺産は、いまにも消えてしまう幻かもしれない――いや、違う。しっかり目を見開いたとき、城はまだ灰色の地面の上に、幽霊のようにぼんやりと立っていた。

ハイランド地方の領地に城があると弁護士から聞いたときは半信半疑だったが、あの中世風の石の構造物――まわりを取り囲む城壁《カーテンウォール》と、大昔に消滅した敵から防衛するための城館から成る建物――はたしかに城としか呼びようがない。見たところ、三百年ほどは改築していないようだ。旅の最後の行程を進んでいるあいだに別の時代に入りこんでしまった気がする。まったく別の世界に。

「すてき」妹のジョージーナが言う。

「修理が必要だ」奥にある崩れかけの小塔を見て、セオはつぶやいた。「高くつきそうだ」

もうひとりの妹エレノアがジョージーナの頭越しに柔らかな笑みを投げかけてきた。

セオは荷馬車の座席に座り直したが、そのとき馬に乗った弟の姿が目に入った。

彼は三人に囲まれている。

ひとりで来るつもりだった。孤独に暮らすことを空想していた――静かで幸せな孤独、誰も答えたくない質問をしてこず、誰もなにも期待しない、そんな孤独。ところが、おせっかいな弟妹には別の考えがあり、弁護士からの知らせが届くやいなや兄の旅に付き添う計画を立てはじめた。

セオが拒絶すると、三人は反抗した――エレノアは静かだが頑固に、ジョージーナとロバートはもっとあからさまに。

そして結局、弟妹にも家が必要であること、それを提供するのが兄たるセオの義務であることは否定できなかった。

ただ、もっと時間があればよかったと思っている……なんのための時間かは、自分でもよくわからない。とにかくもう少し時間が欲しかった。

せめてもの救いは、新居が広く、セオがひとりになれる場所があることだ。

荷馬車は切実に整備を必要としている土の道をゴトゴト進み――ハイランドのこの地域では悪路に耐えられる乗り物を使うようにとの助言は受けていた――できるかぎり城に近づいたところで止まった。

そこからは岩だらけの小道を歩かざるをえなかった。バランスを失わないよう、杖に体重をかけて進む。目の前の城は幅が広くて高さもあり、灰色の石壁、高い小塔、深く切れこんだ銃眼つき胸壁を備えた威容で場を支配している。何カ所か崩れたところはあるものの、そこは家であり要塞でもある。近代の貴族が住むためにつくらせた見かけ倒しの〝城〟を嘲笑するような建物だ。

永続するように建てられたもの。他人を寄せつけないように建てられたもの。

この古めかしい石のかたまりに、セオは好意に似た感情を抱いた。

そう、ここならいい。

ちょうどいい。

弟妹が城の外観を眺めているあいだに、セオは開いた門から中庭に入っていった。中央には一本の木が立っている。地面に根を張り、幹はねじれてこぶだらけで、まわりの草に影を落としていた。

その木に取りついているのは……女性?

セオはもっとはっきり見ようと目をしばたたかせた。しかし、やはりあれは女性だ。爪先立ちで伸びあがり、両腕を頭上高くにあげている。なにやらぶつぶつ言っているが、セオには聞き取れなかった。

長身で痩せぎみ、そしてセオが見たことのないような独特の顔立ち——長い鼻筋、しっかりした顎、大きな目、広い額。きついといっていいほど、はっきりした容貌だ。金髪はピンを逃れて落ち、ふんわりとした巻き毛が顔を縁取っている。ドレスの裾は泥だらけで、その下から靴下を履いただけの足が見えている。それもドレスと同じく泥まみれだ。まるで嵐に遭ったかのような格好。

というより、彼女自身が嵐なのかもしれない。

セオは音をたててしまったらしく、女性はぱっと振り向いた。セオはとらえられた——みずみずしく静かな森のように、あるいは柔らかな草原のように彼を包む、緑色の深みに。

「おいおい」彼はささやいた。「なんだ、きみは？」

だが彼女は、セオの疲れて混乱した頭が一瞬考えたような魔女ではなかった――そんな途方もなく愚かな思いを抱いたのは、長く困難な旅で疲れ果てていたこと、古い土地にまつわる古い迷信、この海風に吹かれる荒涼とした土地で見てきたあらゆることが原因だろう。またたくまに驚愕から怒りへと変化した彼女の表情は、ぜったいに、紛れもなく、人間のものだった。

彼女は苛立った様子で顔から髪を払いのけたあと、腕をおろした。「誰なの？」語気鋭く尋ねる。スコットランド訛りは純粋なハイランダーほど強くなく、それほど目立たず穏やかなので、おそらくもっと国境に近いところで育ったのだろう。「勝手に入ってくるなんて、どういうつもり？　不法侵入よ」

不法侵入？　かすかな苛立ちがセオの胸に生じた。不法侵入しているのは、この女性のほうだ。そう言ってやろうとセオが口を開けたまさにその瞬間、ロバートが中庭に入ってきた。女性を見て口元に笑みが浮かぶ――ロバートは知らない人に会うのが大好きだ。欠くことのない魅力を振りまくのが好きだ。セオとは正反対。

セオはたまに、自分たちのどちらかは生まれたとき他人と取り違えられたのではないか、と思うことがある。

「声が聞こえたと思ったんだ」ロバートは言った。「紹介してよ、兄さん」

「この女が誰か、わたしもまだ知らない」セオはぶっきらぼうに答えた。

女性は自ら問題を解決し、ロバートにお辞儀をした――泥だらけのドレスと靴下だけを履いた足では、そのお辞儀は優雅どころか不格好に見えたが。「アナベル・ロックハートです」

「はじめまして」ロバートは言った。「魔法でこの世に現れたのかい？　生きた人間がこんなに美しいなんてありえないよ」

そのお世辞にミス・ロックハートは少し顔を赤らめた。信じてはいないようだが、それでも口は楽しげにぴくぴく動いている。そして調子を合わせ、セオをますます苛立たせた。

「まだお名前をうかがっていないわ。あなたは戦士？　もしかして騎士？」

「ぼくはロバート・タウンゼンド。ときどき自分が騎士になったところを想像している」彼は親しげに微笑んだ。

「ふうん……」ミス・ロックハートは指で自分の顎を叩いた――手袋をはめていない、と気づいてセオはまたもや苛立ちを覚えた。彼女の指は細く、長く、白い。「騎士は猫を助けたりする？」

「助けを求める猫がいるのかい？」

ミス・ロックハートが上を指さすと、木の枝の隙間から黒猫が見おろしてきた。ロバートは躊躇なく、いちばん低くて太い枝に足をかけ、巧みな身のこなしで木に登りはじめた。

気がつけば、セオはまたしてもミス・ロックハートとふたりきりになっていた。弟にはときどき苛々させられるものの、少なくともこういう場合において彼の愛想のよさは緩衝材として役に立つ。セオがうまく他人と話せず、気まずい雰囲気になったときに。

隣に立つ女性にちらりと目をやった。またしても目が合ったとき、小さな衝撃が彼の中を駆け抜けた。あのような深い緑色の瞳は見たことがない。現実の存在ではないとも感じられる。しかも彼女は黒猫を飼っている——生身の人間ではないという突拍子もない想像をしたのも無理はない、とセオは思った。ミス・ロックハートは無言で顔を背け、つんと顎をあげた。

無視されるのはかまわない……人の土地に勝手に侵入して泥の中を靴も履かずにいる女性と、話などしたいわけがないではないか？　彼女は行儀作法など歯牙にもかけていないようだ。

張り詰めた沈黙がつづいた。やがてロバートが猫を抱えておりてきた。

「まあ、ありがとう」ミス・ロックハートは大きな笑みを浮かべ、太りすぎの猫をロバートから受け取った。

「きみのためなら、なんだってするよ」ロバートが答える。

ジョージーナとエレノアが腕を組んで中庭に入ってきて、アナベル・ロックハートを見て立ち止まった。ジョージーナは挨拶するためうれしそうに駆け寄った。妹よりは控えめなエレノアは、その後ろから慎重な足取りでついていった。

紹介がなされ、ほどなくジョージーナはミス・ロックハートに猫について質問を浴びせはじめた——なんという名前か（なにかの本の登場人物の名前にちなんでウィロビーだという——ばかばかしい）、何歳か（不明）。エレノアすら、おずおずと微笑みながら会話に加わった。

セオは状況が自分の手に負えなくなりつつあるのを感じた。この女性は赤の他人であり、家族ぐるみの友人ではない。そもそも、ここには誰もいないはずだった。

「いったいどういうことだ?」彼は楽しそうなおしゃべりに割って入った。「リンモア城は現在無人だと思っていた。きみは建物を管理する使用人か?」

ミス・ロックハートは三人に向けていた友好的な態度を一変させてセオに向き直った。

「わたしはここに住んでいるのよ」

「ありえない」セオは言った。そんなことはあってほしくない。思い描いていた未来が崩れはじめるのが感じられる――打ち捨てられた城で孤独に過ごすことはできない。城が実際には打ち捨てられていないのなら。

「あら、ありうるわ」彼女は公爵夫人のような高慢さで答えた。「わたしは伯母とともにリンモア城に居住しているのよ、アーデン伯爵のご親切のおかげで。あなたがどうして予告もなくここに来る権利があると思ったのか、ぜひ教えていただきたいわ」

その偉ぶった態度に応えて、セオは杖に体重をかけて背筋を伸ばした。彼女より背を高く見せるために。とはいえ、それはほんの数センチの差にしかならず、彼はまたもや苛立ちを覚えた。

「わ␣た␣し␣がアーデン伯爵だ」

2

アナベル自身はアーデン伯爵と会ったことはないけれど、彼が現在七十歳近い伯母と同年代なのは知っている。この陰気な男性は、まだ三十歳にもなっていないだろう。一般的な意味での美男子ではない——容貌はあまりに粗削りだ——けれど、あの暗く鋭いまなざしや威圧的な存在感には、彼女の目を引くなにかがある。

「伯爵は亡くなったの?」内面は乱れていても、アナベルは冷静な表情を保とうとした。

新たなロード・アーデンはそっけなくうなずいた。「三カ月前だ。きみが知らなかったとは驚きだな。城を好きに使わせてもらえるほど親しかったのなら。また、前伯爵がきみの存在を遺言書にしたためなかったのも不思議だ。きみの幸福をそれほど気にかけていたとしたら」

「先代伯爵に世継ぎがいたなんて知らなかったわ」ウィロビーを抱く腕に力が入りすぎたらしく、猫はアナベルの抱擁から抜け出して地面に着地し、走って玄関扉の隙間から城に入っていった。

「わたしも知らなかった。弁護士から連絡があるまでは。彼は母方の祖父だったらしい……イングランドの制度ではわたしに爵位が譲られることはないのだが。祖父とは疎遠になっていて、家族は誰ひとり会ったことがなかった。きみはわたしの質問に答えていないようだが」

彼はブルドッグ並みにしつこく腹立たしい。

「なにか質問したの？」アナベルは言い返した。「わたしには、感想を述べたように聞こえたけれど」

この男性は社交術を磨く必要がある。彼の最初の言葉――〝なんだ、きみは？〟――への腹立ちはいまだにおさまらない。まるでアナベルがあまりに原始的で珍しいため、人間ではないかのような言い方だ。自分が少々風変わりなのはわかっているけれど、だからといって彼が前触れもなく現れてアナベルをばかにしていいことにはならない。

それでも、気がつけばアナベルの目は、苛立ちでこわばった顎、屈強さを秘めた体の輪郭に引きつけられていた。これほど不愉快な人がこれほど魅力的な肉体を持っているのは、残念でならない。もちろんアナベルがあの肉体に屈服する危険はない。いくら風変わりでも、ばかではないのだから。

「なぜ伯爵が亡くなったのを知らなかった？」

「そんなに親しくなかったから」

「ここに住まわせてもらっているのに？」ロード・アーデンは疑わしげに尋ねた。

アナベルは面白くもなさそうに笑った。「伯爵にとって、この領地は不要なものだったの。伯母は伯爵の弟さんと結婚したわ。夫に死なれて生活に困窮した伯母を、伯爵はここに住まわせてくださったの。ご自身はここに来ることもなかったから。単なる家族としての義務だったのよ」

アナベルはまた、伯爵は弟の結婚相手が女優なのを恥じ、遠ざけておきたかったのではないかとも思っている。その思いは口にしなかったが。

「しかし、わたしにはここが必要だ」

アナベルは呆然と彼を見つめた。胸の中で不安が広がる。「どういうこと？」

「わたしは当面、弟妹とともにここに住むつもりだ。きみには別の場所を見つけてあげよう」

いやよ。ここはアナベルの家だ。顔に霧を感じないこと、舌で海を味わわないことなど、想像できない。荒れた原野《ムーア》を歩きまわれないことも想像できない。

なにより重要なことに、フィオーナを隠すのにここ以上に適切な場所は考えられない。たまにハイランドの野性的な美しさを味わいたいイングランド人旅行者が訪れるのを除けば、面倒な社交訪問はなく、邪魔は入らない。それに、職業ゆえに家族から縁を切られた伯母とともにアナベルがここで暮らしていることを知る人はほかに誰もいない、とフィオーナは断言していた。

ロバート――アナベルは愛想のいいほうの男性をファーストネームで考えるようになっていた――が話に割りこんだ。「すぐに結論を出さなくてもいいじゃないか。ぼくたちは着いたばかりなんだ。ミス・ロックハートは城を案内してくれるんじゃないかな？」

ジョージーナは興奮で飛び跳ねんばかりだった。「すてきだわ。のぞき穴はあるの？」

アナベルは少女の熱心さに引きこまれてうなずいた。「大広間を見おろせる穴があるわ。二百年ほど前の情熱と裏切りの物語にも、その穴が登場するそうよ」彼女は大げさに眉をあげてみせた。

「この子はまだ十六歳だ。情熱と裏切りの物語を聞く必要はない」

「十六歳で結婚する女の子もいるわ」アナベルは指摘した。「それに、ただの物語よ」

ロード・アーデンがアナベルに向けた視線は、ガラスをも切り裂けそうな鋭いものだった。

ロード・アーデンは怖い顔になった。「この子は繊細なのだ」

アナベルはジョージーナを見やった。茶色の目は興味できらめき、頰は健康的なバラ色に染まっている。顔にはあばたがある――天然痘にかかって生き延びた証拠だ――が、それ以外の後遺症があるようには見えない。まったく繊細とは思えない。

アナベルは伯爵の隙を見て、手で口を隠して「あとでね」と少女にささやきかけた。

「お城を案内するから、一時間後に集合しない？」アナベルは提案した。「荷ほどきして、しばらく休憩したいでしょう？」

「いいね」ロバートが言う。

「女中に予備の部屋に案内させるわ。わたしはウィロビーの様子を見て、お客様がいらっしゃったことを伯母に知らせておくから」

伯爵は――おそらくはアナベルが彼らを〝客〟と言ったことに抗議しようと――口を開けたものの、アナベルは彼がなにか言う前にさっと扉のほうを向いた。

予備の寝室を整えるよう女中のカトリオナに告げたあと、さっきフィオーナと姪を見かけた厨房まで足を急がせた。ふたりがまだそこにいるのを見て、ほっと胸を撫でおろす。メアリーは腰かけに座って小さな足をぶらぶらさせていた。目の前に置かれたマグカップに入っているミルクで口のまわりは白い。厨房の奥の暖炉では大きな炎があがっている。駆けこんできたアナベルを見て、炎を凝視していたフィオーナは顔をあげて眉根を寄せた。

「どうしたの?」

「ロード・アーデンが亡くなったの」アナベルは前置きなしに言った。「新しい伯爵がついさっき、ここに住むためにやってきたのよ」

フィオーナは青ざめた。「ここに? いったいどうしてこんなところに?」

アナベルは屈辱を感じまいとした。この城を心の底から愛しているけれど、妹の言いたいことはわかっている――ここは二百年ほど時代遅れだし、社交的な娯楽がなければ退屈する人間なら……ほとんどいつも退屈することになる。

「貴族がなにかをする理由はなんだと思う? 倦怠?」

ロード・アーデンは人生に飽きた貴族なのか? いや、彼は爵位を相続したばかりらしい。おそらく相続する前は卑しい生まれの農場経営者かなにかだったのだろう。とはいえ、アナベルなら彼を描写するのに卑しいという表現は使わない。

不愉快、そう。陰鬱、おそらく。人を見くだしている、たしかに。

でも卑しくはない。

「わたしたち――」声がかすれ、フィオーナは唇を舐めた。「わたしたち、出ていかなくちやいけないの?」

一週間前リンモア城に現れたとき、フィオーナは怯えて震えあがり、ほとんど口も利けなかった。徐々に回復はしてきたが、いまでもアナベルが急に、あるいは音もなく近づいたときには縮みあがる。窓から外を眺めるときにはぼんやりしていて、自分がどこにいるかもわかっていないかのようだ。

たとえアナベルに妹を連れていける場所があったとしても――実際にはないのだが――フィオーナには心の回復のためにもっと時間が必要だ……なにが起こったかは知らないけれど、そのことから立ち直るための時間が。フィオーナはまだ具体的なことを話さず、自分たちが見つかるわけにはいかないとしか言っていないし、アナベルは無理に聞き出したくなかった。でも、義弟がフィオーナを虐待したのではないかという恐ろしい疑いを抱いている。フィオーナは夫の名前も口にしようとしない。アナベルがうっかり言ったときには身をすくめた。かつては元気いっぱいで無邪気だった妹のそんな反応を見たとき、アナベルは罪悪感に襲われて崩れ落ちそうになった。

アナベルは姉だ。妹を守ってやるべきだった。なのに、なにかがおかしいことなど、まったく気づいていなかった。

自分はばかだった。

それでもいまは、なんとしても妹を守るつもりでいる。

衝動に駆られてメアリーの額に口づけると、少女は顔をあげた。「ベル伯母ちゃん!」抗議と笑いの中間のような口調で言う。けれど飲み物や食べ物を前にしているとき、少女の注意は長くつづかない。次の瞬間には、誰にも渡さないとばかりにマグカップをしっかり握り、またミルクを飲みはじめた。

アナベルの胸が締めつけられた。「わからない」やがてフィオーナに答えた。「できれば出ていきたくないけれど。当面は、見つからないようにしてちょうだい。使用人区画にいるほうがよさそうね……カトリオナの部屋に移ればいいわ」

フィオーナはうなずきながらも、口の両側に深いしわができるほど唇をきつく引き結んだ。アナベルは妹の手を取り、自分の手のひらでさすって冷たい皮膚を温めようとした。徐々に計画が頭の中で形をなしはじめた。「フランセス伯母様と話をしなくちゃ。大丈夫、きっとうまくいくわ」

ロード・アーデンは自分のものの所有権を主張しにきたけれど、人は考えを変えるものだ。とりわけ、正しい方向にちょっと背中を押されれば。そして道義心のある人間なら、衰えた病弱な女性とそのただひとりの付き添いを強制的に追い出しはしないだろう。

フランセス伯母が少し時間を稼いでくれたら、アナベルはロード・アーデンを説得して、リンモア城に住むのは厄介なだけで値打ちがないと思わせられるはずだ。

運がよければ、あのむっつりした伯爵は一週間もしないうちに出ていってくれる。

3

「ここが大広間よ」アナベルは案内の始めにそう言い、ざっと腕を振って、天井の高い部屋や古びた晩餐テーブルやタペストリーを示した。広々とした空間を暖かく保ち、明るくしておくのは負担だ。食事をするのがアナベルとフランセスだけのとき——そういうときがほとんどなのだが——ふたりはここでなく、暖炉と数本の獣脂ロウソクで事足りる客間を使っている。

「きわめて中世的だ」尊大そうな男たちが馬に乗って猟犬を連れ、野生の猪を追い詰めているところを描いた少々色褪せた赤と青のタペストリーを眺めて、ロード・アーデンは言った。このタペストリーは、アナベルが箱の中に埋もれていたのを見つけ、傷めないようやさしく叩いて埃を落として飾ったものだ。

これを非常に誇らしく思っている。

「ここは中世の城だもの」歯を食いしばって言い、ジョージーナのほうを向いた。兄とは違って、アナベルはこの少女を蹴りたくならない。「のぞき穴はあの上よ」ここからは見えない踊り場のほうを指さす。「族長は、客がなにを企んでいるのか知りたいとき、のぞき穴から見て話を聞くことができたの」

「あまり他人を信用していなかったんだね」ロバートが言う。

「自分の命を狙う陰謀に警戒しなくちゃいけなかったんだと思うわ。不穏な時代だったから」

ロード・アーデンが部屋を歩きまわるとき、彼が足をおろすたびにコツコツという音がする。また、彼がときどき杖に寄りかかっているのにもアナベルは気づいていた。杖は焦げ茶色の木と飾りけのない真鍮の持ち手でできていて、格好をつけるための装飾品としては質素すぎる。義足なのだろうか、とアナベルは思った。

兵士が手足を切断されるのは、それほど珍しい話ではない。伯爵位を相続する前、彼は兵士だったのか？　彼が傲慢かつ几帳面な兵士だったところは想像できる。あるいは傲慢で几帳面で命令を怒鳴る将校。いずれも農場経営者よりは似合っている。

中央棟から東の区域まで移動しながら、アナベルはそこが城のほかの部分よりも新しいことを説明した――〝新しい〟というのは、十七世紀後半に増築されたという意味だ。

「当時は家庭生活が重視されて、個室が望まれたの。もっと古い城に見られる開放的な空間よりも」

一行は客間に向かった。食事のためのテーブルが中央にある簡素な空間だ。壁際に小型サイドボードと小テーブルが並び、外に向けては背の高い上げ下げ窓がふたつある。暖炉のそばには袖つき安楽椅子が二脚。アナベルはこの部屋にもタペストリーをかけていた。それをロード・アーデンに批判される前に、暖炉前の椅子に座ってショールにくるまったフランセス伯母のところへ早足で向かった。

簡潔に紹介を行う。

「お客様がいらっしゃったのは、ずいぶん久しぶりだねえ」フランセスは弱々しい声で言った。「最後はいつだったかね、アナベル?」

「七カ月前よ。ほら、覚えていない? イングランド貴族のご一行が田舎を旅行しておられて、城を見に立ち寄られたでしょう」

「ああ、そうだった」フランセスは手で口を覆って小さく咳をした。「最近は物覚えが悪くなって」ロード・アーデンに微笑みかける。「リンモア城がお気に召すといいがね。わたしはこの場所が大好きなんだ。わたしとアナベルで努力して、ここを住みやすい家に変えたんだよ」

ロード・アーデンが口を開いたのは、かなりたってからだった。「たしかにそうですね、ミセス・ブレア。ここは非常に……居心地がよさそうです」

アナベルは笑いをこらえた。老女の感情を害さないようにしようという彼の気遣いには、もう少しで魅力を感じそうになる。いや、実際魅力的だっただろう、彼が躊躇なく人を侮辱するところをこの目で見ていなかったとしたら。

「だけど、すぐに出ていかなくちゃいけないんだろう?」フランセスはアナベルとロード・アーデンを交互に見た。「迷惑はかけたくないからね」

「あの……そうですね。いずれは」伯爵が言うと、弟や妹は兄をにらみつけた。

アナベルはにやりと笑わないよう頬の内側を噛んだ。

フランセスは痩せた肩を震わせ、また咳をした。一行に向かって手を振る。「さあ、弱った老いぼれにかまわず案内をつづけておくれ。わたしはまた本でも読むとするよ」眼鏡をかけ、背を丸めて、鼻が触れそうになるほど本に顔を近づけた。

アナベルはほかの人が客間から出ていくのを待ち、うつむいて部屋の中に顔を向け、伯母にウィンクをした。いまやぴんと背筋を伸ばし、自分より二十歳若い女性と同じくらい元気そうになったフランセスは、座ったままさっとうなずいた。

元女優を伯母に持つことには大きな利点がある、とアナベルは満足げに考えた。

その後、暗い廊下を進んでいくとき、兄弟の声をひそめた会話が耳に入ってきた。

「あんな人を無理やり追い出すことはできないよ」

「いや、できるぞ」

「すごく弱っているのがわからなかったの?」ロバートは抗議した。「ここは、あの人の家なんだ」

ロード・アーデンは少々過剰な力で杖を床に打ちつけた。「ここはわたしの城だ」息継ぎをする。「あのふたりを路頭に迷わせるつもりはない。まず住む場所を見つけてやる。わたしはそんなに薄情じゃない」

「それはよかった、兄さんがそんなに薄情じゃなくて」ロバートは皮肉たっぷりに言って足を速めた。

ロード・アーデンが弟の後ろにつく。ほんの一瞬、アナベルは疲れて消耗した男性を見たと思った――肩はすぼまり、足取りは重い――が、彼女の視線に気づくと彼は姿勢を正した。

図書室として使っている部屋まで来ると、ロード・アーデンはアナベルを先に通そうと一歩さがった。彼の横をすり抜けていくとき、アナベルはこれまでになく彼に近づいていることを意識した。ふと、ふたりの視線がぶつかる。よく見ると、彼の目は中央に蜂蜜色の斑点が入った深みのある茶色だった。彼はアナベルが大好きなベルガモットのようなにおいがした。

できるだけ離れておこうと、アナベルは急ぎ足で部屋に入っていった。図書室は客間より広く、家具も多い。カードゲーム用の丸テーブル、書き物用の別の丸テーブル、少しくたびれた感じの紫檀製で青い革張りの長椅子、さまざまな色の安楽椅子数脚が、少々無秩序に部屋のそこここに置かれている。

もっと裕福な人の図書室なら本であふれているだろう。でもアナベルとフランセス伯母には書棚が二台しかなく、その一台にふたりが長年かけて集めた本がおさめられている。

エレノアとジョージーナとロバートはすでに部屋に入っていて、集められた本を眺めている。エレノアは昆虫についての本を開いていた――すっかり夢中になっているようだ。ジョージーナはまっすぐダニエル・デフォーのところまで行っていた。

ロバートはアナベルに微笑みかけた――彼は気さくに、そして頻繁に微笑む。アナベルは彼のそんなところを気に入った。兄弟ふたりのうち、魅力と美貌は弟のほうに集まっている。兄のほうの顔はもっと険しく、ちょっと整合性を欠いている――こわばった顎、高くて残忍そうな感じもする頬骨、太い眉、わずかに曲がった鼻。兄弟ふたりとも奥まった濃い茶色の目と茶褐色の髪をしているけれど、ロバートの顔はもっと端整だ。ロード・アーデンの顔はきびしく寒々としたものを連想させる——たとえば冬の夜の冷たく澄んだ星、あるいは嵐の直前に激しくなった風。

そして、そういう冷たい星や嵐の前兆と同じく、ロード・アーデンを見ているとアナベルはなぜか不穏な気持ちにさせられた。

問題の男性はもうひとつの書棚を眺めている。そこには本でなく、アナベルが散歩中に見つけたさまざまなものが飾られていた——貝殻、入り江の波に洗われた丸石、岸に打ち寄せられたガラス瓶。彼は顔をしかめ、手袋をした手の指で貝殻のひとつをなぞっている。

アナベルは顔を赤らめた。なぜかはわからない。いい感じはしない。

「いろいろあるんだね」ロバートが陳列品をよく見ようと進み出た。

「やや乱雑だが」ロード・アーデンは割れた貝殻を見ながら上の空で言った。

アナベルは爪が手のひらに食いこむほど強くこぶしを握った。自分に命じて深呼吸したあと、横を向いて顔に笑みを張りつけ、案内をつづけた。

図書室を出て、いちばん近い螺旋階段に向かう。「この階には、もう見るべきものはあまりないわ。この上に行けば、大広間を見おろすのぞき穴があるのよ」

アナベルは、ロード・アーデンが立ち止まり、顔をしかめて急勾配の螺旋階段を見あげていることに気がついた。ぺちゃくちゃおしゃべりしていた彼の弟妹も黙りこんだ。

「あら」気まずい沈黙を破って、アナベルは言った。「ごめんなさい。気がつかなくて——」

ロード・アーデンは視線をそらし、きびしい目つきになった。「かまわん」不愛想に言う。「わたしはここで待つ」

アナベルはぎこちなくうなずき、一行は彼を残して階段をのぼっていった。アナベルは彼の目に一瞬不安が浮かぶのを見たけれど、それはすぐに隠された。ロード・アーデンがその表情をアナベルに見せたくなかったのは間違いない――人の、それも赤の他人の前で弱さを見せたがる類の人間には思えない。

階段のいちばん上は寝室くらいしかなかったので、一行は城の中央棟に向かい、のぞき穴を隠している屋根裏まで行った。

「お兄さんの寝室はどこにしたらいいかしら？」アナベルはジョージーナに尋ねた。カトリオナに用意するよう命じた寝室はどれも、螺旋階段を使わないと行けないところにある。

「ここの女中が、北の塔のほうにあいている部屋を見つけてくれたみたい」

アナベルは目をしばたたかせた。「あの部分は傷んでいるのよ」

「兄はみんなの寝室から遠く離れたところがいいの」

「どうして？」

ロバートやエレノアに聞こえないよう、ジョージーナは声をひそめた。「ここまで来る道中、兄は毎晩荷馬車で眠ったの。宿屋に部屋を取ろうとしなかった。ロバートは、兄は悪夢を見るんだと考えているわ」

アナベルの胸が締めつけられた。「悪夢？」

「戦争の。復員してきたときも、兄はわたしたちに近づかないよう部屋を替えたわ。わたしたちがここに同行するのもいやがったんだけど、最終的には譲歩したの」

アナベルは芽生えかかった同情心に抵抗した。彼が戦争で経験したことに悩まされていても関係ない。このことで彼が人間的に思われても関係ない。それでも彼はアナベルを家から追い出したがっており、意図せずして彼女の妹を危険にさらしているのだ。

彼を弱い人間だとは思いたくない。心配したくない。だからアナベルはいずまいを正し、心を鬼にした。

フランセス伯母の演技によって少し時間が稼げた。今度は、彼を永遠にここから去らせる方法を見いださねばならない。

4

セオは早足で図書室に戻っていった。大股で歩くとき義足のコツコツという音は静寂の中で大きく響くが、それについてはどうしようもない。いずれ、彼の遅い歩みを目にする人間が誰もまわりにいないとき、螺旋階段をのぼる練習をしよう。いまでもなんとかのぼることはできるはずだが、できれば家族と招かれざる客が案内をつづけるため彼を待っていないときに、階段に慣れておきたい。

傷が癒えたあと初めて木製の脚をはめたとき、この新たな道具で、歩き方、坂道ののぼりおり、でこぼこ道の進み方、階段の使い方をあらためて学ばねばならなかった。だが彼が慣れているのは浅く均一な段だけだ——リンモア城にあるような、危険で狭くて迷路のように曲がりくねった階段ではない。

練習は骨が折れ、遅々として進まなかった。苛立ちのあまり杖をまっぷたつに折ったり義足を火の中に放りこんだりしたくなったのは、一度や二度ではない。それでも最終的には比較的楽に歩けるようになり、階段ものぼれるようになった。いまは、これ以上新たな障害物が現れて行く手をさえぎることがないのを願うばかりだ。

切断を行った外科医は、セオは幸運だと言った。傷がもっとひどくなくて幸運だった。そもそも生きていられて幸運だった。

それでもたまに、窒息しそうになるほど重苦しく鮮明な記憶がよみがえり、鉄のような血のにおいを嗅いで真夜中に目覚めたとき――自分が沈黙していたのか悲鳴をあげていたのかわからないとき――ほんとうに幸運だったのかどうかわからなくなる。

気がつけば、セオはまた収集物を飾った棚の前に来ていた。なぜこれに引きつけられるのか、よくわからない。実際、こんなものは目障りだ。誰の役にも立たない石ころや貝殻や捨てられたものの山など、まったく優美ではない。

まったく優美ではない……けれど、そこには気まぐれな陽気さがあり、もっと子細に観察したり触れたり探索したりしたくなる。だがセオはそんな衝動を払いのけた。それは子どもっぽい性質だ。子どもっぽい性質からはとっくの昔に卒業している。いや、とっくの昔ではないかもしれない――戦場に足を踏み入れたときだ。

そして魂の一部を失ったとき。

この地を相続すると知ったのは、闇の中でかがり火を見たようなものだった。傷病退役して叔父と叔母の家に戻った当時、身動きが取れないように感じた。手首にしっかり枷をはめられたかのように。セオの戦場における武勇譚が噂として伝えられていたため、家族は次から次へと質問を浴びせ、セオが答えたがらないことに困惑し、彼が家族から離れていられるよう寝室を替えたことに驚き、夜明けに彼の悲鳴を聞いたと使用人が報告したときは心配し、おそらくは少々怯えもした。

魅力あふれる戦争の英雄に会おうと訪れた客たちは、予想に反して寡黙で用心深い男を見て失望した。

セオや弟妹に寛大だった叔父や叔母に、客を招くな、自分にかまうな、と頼むことはできなかった。

しかし、あの家にとどまることもできなかった。叔父夫婦の家はロンドンからそう遠くない田舎にある。彼らは人気者で、常に客が出入りする。家はうるさすぎ、人は大勢すぎ、質問は多すぎた。

セオは沈黙、安らぎ、静寂を求めていた。

ひとりになりたかった。

弟妹を拒むのは良心が許さない——彼らにも自分の家が必要だ。いくら叔父夫婦が親切でも、自分たちが他人のお情けで毎日の生活を送っていることを忘れるのは難しかった。それに、弟妹は邪魔な存在ではない。彼らはセオが与えられる以上のものを求めたことがない。

一方、アナベル・ロックハートは彼の良心の対象ではない。彼女がいると、セオはなぜか心穏やかではいられなくなる。

彼女の処遇を考えねばならない。

出ていかせるのは早ければ早いほうがいい。

一同は鶏肉のあぶり焼きとカブ、それと男性にはウィスキー、女性にはワインという簡単な夕食を取った。ミス・ロックハートと伯母は質素な生活を送っているらしい。給仕する従僕もおらず、使用人は女中のカトリオナと料理人だけだった。

　セオは大広間を見まわした。白い漆喰塗りの石壁、半分が光が届かず影で隠れているタペストリー、一方の壁のほぼ全面を占める石の暖炉の上に掲げられた色褪せた紋章。彼は過去に投げ出されたかのような不安な気持ちを覚えた。スコットランド人の族長がこの地を支配し、ジャコバイト（十七世紀に追放されたジェームズ二世とその子孫を復位させようとした反政府勢力）がボニー・プリンス・チャーリーことチャールズ王子を王座につかせるための悲劇的な戦いに身を投じていた時代に。

　彼は部屋を見ながら、出口となりうる場所を確認し、そこへ行きつくまでの時間を推定し、どの経路を用いれば最も早く最も安全な場所まで行けるかを検討した。座るときは常に壁を背にして部屋全体がよく見える位置を選んでいる。常に逃げ道や弱点を探している――戦争の後遺症だ。このせいで、どこにいてもくつろぐことができずにいる。

「出身はどこなの？」ミス・ロックハートに対するジョージーナの質問を聞いて、セオは物思いから現実に戻った。「訛りはあまり強くないみたいね」

「エディンバラで生まれ育ったの。行ったことはある？」

　エレノアはかぶりを振った。「まだないわ。イングランドからまっすぐこのリンモア城に来たから」

「美しい街よ」

「住人はエディンバラをオールド・リーキーと呼んでいるんじゃないか？」セオは尋ねた。

　場は一瞬沈黙し、ミス・ロックハートはフォークをぎゅっと握りしめた。生まれ故郷を侮辱したら相手は怒って当然であることに、セオは遅まきながら気がついた。だが侮辱するつもりではなかった。単に事実を述べただけだ。

かつて彼は、人前ではいつも少々控えめながら礼儀正しくふるまっていた。しかし戦場に出るようになってからは礼儀作法にこだわるのをやめ、世間一般の上品なふるまいにはそぐわないほど無遠慮になっていた。ミス・ロックハートの頬がかすかに赤く染まるのを見て、この無遠慮さを有利に使えないだろうかと考えた。

自分らしくふるまうことで、セオは彼女を苛立たせる。もっと粗野になれば、ミス・ロックハートは苛立ちのあまりここを出ていきたくなるかもしれない。喫緊の課題は、思ったより簡単に解決できるのではないか。

「オールド・リーキーの文字どおりの意味は、〝古くて煙たい〟という意味よ」

セオは一拍置いてから答えた。「ほんとうに？　リーキーは〝悪臭漂う〟だと思っていた」

「違うわ」

「違う？」セオは眉をあげた。「においがひどいという話は、たしかに聞いた覚えがあるぞ」

ミス・ロックハートはセオと目を合わせた。彼女の瞳はロウソクのごとくめらめら燃えている。「百年前なら、少し真実もあったかもしれない。でもそれ以来、かなり改善したのよ」

「下水が？　もう室内便器の中身を道にぶちまけない、ということか？　たとえ雨が降っていなくても雨傘は必要だ、と聞いたことがあるんだが」

「食事中に下水の話はやめないか？」ロバートが穏やかにたしなめた。

ミス・ロックハートの顎がぴくぴくする。話す前に気持ちを落ち着かせようとしているのだろう、とセオは思った。満足と期待で胸が高鳴る。彼女が次になにを言うかと、彼は身構えた。

「それを言った人は、あなたをからかっていたのよ。エディンバラは発展中なの。いまはどんな近代的な都会にも劣らず清潔よ」

「ふむ」セオはどうでもよさそうに肩をすくめた。「ロンドンには勝てないだろうが」

「そうかしら。都市改良法はあの街をまったく違う場所に変えつつあるわ——人々の尊敬を集める大学に加えて、新しい建物もできているの。新市街《ニュータウン》は日に日に成長しているのよ。エディンバラは知識人と芸術家の集まる中心地になるでしょうね。実際、もうそうなっていると言ってもいいわ」

セオは彼女の頬から喉にかけて差した赤み、大きく上下する胸に、不本意ながら魅了されていた。彼女の情熱や強いまなざしにも。こんな炎とともに生きるのはどんな感じだろう？　焼き尽くされる？　消耗する？　それとも炎は炎を呼ぶのか？　彼女は自らの深みからさらに力を引き出すのか？

そんな疑問を抱くべきではない。そんな答えを知りたがるべきではない。この女性について疑問を持つのは無意味だ。運がよければ、彼女はセオの行儀の悪さにうんざりして、いまよりいい場所を求めて去っていくのだから。

「そうかもしれないが」セオは疑わしげに答えた。「ハギスを食べる日があるような国に、あまり多くは期待できないな」

「ハギスのなにが悪いの？」ミス・ロックハートは詰問した。

「ハギスのなにが悪くないんだ？」実を言うとセオは立ち寄った宿屋でハギスを食べる機会があり、おいしいと思ったのだが、それを彼女に言うつもりはなかった。「もちろん、悪いのはあんなばかげた詩を書いたロバート・バーンズだ」（スコットランドでは『ハギスに捧げる詩』を書いた詩人ロバート・バーンズの誕生日にハギスを食べて祝う習慣がある）

部屋は静まり返った。全員が手を止めてミス・ロックハートとセオを見つめている。

セオはフォークを握ったミス・ロックハートの手を見て、フォークが飛んでくることを予想した。彼女が男だとしたら、決闘を申しこんでくるのを心配せねばならないところだ。もちろん、すべきではないという理由で彼女がなにかをしないと思いこむのは軽率だろう。むしろ彼女は、すべきではないことをするのを楽しむ人間に思える。

「思うに」彼女は静かに言った。「これを解決する方法はひとつだけね」

やはり決闘を申しこむつもりか？

「あなたは詩を書くべきよ」

「わたしが——なんだって？」セオは訊き返した。きっと聞き間違いだ。彼の理想としては、ミス・ロックハートは怒りだして部屋を飛び出し、彼のような不愛想な野蛮人とひとつ屋根の下で暮らすのならここに住む値打ちはないと考えるはずだった。どうやら計画は失敗に終わったらしい。

「ラビー・バーンズの詩がばかばかしいと思うなら、あなたの好きな食べ物についての詩を書いて、彼を上まわれるかどうかやってみてよ」

「それはきわめて……ばかげている」

「ちっともばかげていないわ」ジョージーナが割りこんだ。

その発言によって、セオは妹の忠誠心の対象を知った……兄ではなかった。

「兄さんはスコットランドで最も愛される詩人を侮辱したのよ」エレノアが指摘した。

「故人を中傷した」ロバートが無邪気に付け加える。「そこまでして自説を主張したいなら、それを証明すべきだよ」

弟妹は皆裏切り者だ。それには腹が立つだけでなくがっかりさせられる。

テーブルの向こう側でフランセスが弱々しく咳をした。「最後に詩を聞いたのは、ずいぶん昔だねえ」

セオは肩を落とした。敗北は重苦しく肩にのしかかる――この戦いには勝てそうにない。五対一、しかも愛想がよく衰弱した老女まで敵に回ったのだから。ミス・ロックハートの口元に浮かんだ笑みは非常にいたずらっぽく、また勝ち誇っていたので、セオはあの口はどんな味がするだろうと思ってしまった。

それは、好きな食べ物に関する詩を書く以上に愚かなことだ。ミス・ロックハートは敵だ――彼女に触れることを考えるだけでも禁断の領域に属している。ましてや味わうなど。

セオは鋼鉄の意志で、彼女のピンク色の唇から注意をそらした。

「挑戦するの？　それとも、あなたの言ったことはすべて誤りで、あなたはラビー・バーンズのお尻にキスするにも値しない人間だと思っていいのかしら？」

そのレディらしからぬ侮辱にセオは身を硬くした。そんなふうに言われたら対抗するしかない。

それに、詩をひとつ書くくらいのことが、どれほど難しいというのだ？

「挑戦しよう」

5

答えは〝非常に難しい〟だった。

厄介なことに、セオが羽根ペン、羊皮紙、インク壺を並べた図書室の紫檀のテーブルに屈みこんでいるあいだ、ほかの皆は談笑して――フランセス伯母の場合は咳きこんで――いる。ジョージーナとエレノアは丸テーブルを囲んでカードゲームをしている。ミス・ロックハートは長椅子でロバートの隣に座っていて、セオがどれだけ遮断しようとしても会話の一語一語が耳に入ってきた。

「道中、ハイランドに入っていくにつれてゲール語をいろいろ耳にしたよ」ロバートは言った。「音楽的な響きだったね」

「少しは覚えた？」

「〝ようこそ〟にあたる〝ファルチェ〟という言葉だけ」

「ウィスキーを飲むときは、〝スランチェ・ヴァー！〟と言って乾杯するの。〝健康に〟という意味よ」

「ああ、ミス・ロックハート。きみが美しくてやさしいだけじゃなく、ゲール語を話しもするなんて知らなかったよ」

「ほんの少しよ」

「それでも美しくてやさしいよ」

「そうかしら」彼女の声は、ロバートの声と同じく小さくて楽しげだ。

苛立ちでセオの胸は苦しくなった。ふたりはお似合いだ——ふたりとも話しながら気楽に戯れている。だが、ちょっとした戯れにふけるときは声を落とせと頼むのは無理な注文なのか?

「それと、〝ハ・ミ・トリフチェ・ド・コニヤフ〟。これは〝お会いできて光栄です〟という意味」

ロバートはこんなに楽しいものは聞いたことがないとばかりに笑った。「半分も覚えられそうにないな。だけど、ぼくもだよ」

「なに?」

「きみに会えて光栄だ」

今回笑ったのはミス・ロックハートのほうだった。奔放で喉の奥からの笑い声は本来ならレディらしくないとしてセオを悩ませただろう。ところがなぜか動悸が速くなった。

これ以上耐えられない。「静かにしてくれないか?」彼は怒鳴った。

図書室の全員が振り返ってセオを見る。

「わたしは詩を書こうとしているんだ。ロバート・バーンズもこんなふうに気を散らされたと思うか?」

ジョージーナは目を丸くして兄を見つめている。「そうだったかも」

「いや、ぜったいに違う」セオはなにも書かれていない紙に目を戻した。直後に、弟や妹に怒鳴ったことに罪悪感を覚えた。彼らは楽しんでいるにすぎない。それに腹を立ててはならない――彼らが幸せそうなのを喜ぶべきだ。

しかしながら、ジョージーナがあまり小さくないささやき声でこう言ったとき、罪悪感は多少薄れた。「兄さんったら、詩をひとつ書こうとしているだけなのに、もう癇癪持ちの詩人になっているわ」

セオは妹を無視して紙に〝レモンクリームに寄せて〟と書いた。さて、クリームと韻を踏むのはなんだろう？　無関係な言葉の羅列から意味の通ったものをつくりあげねばならないのか？　詩人というものは、どうやってそんなことを成し遂げているのだ？

一時間後、ミス・ロックハートが紙をつかんでセオを驚かせた。「時間はもう充分でしょう。ひと晩じゅうここにいる気はないのよ」

「まだ終わっていないぞ」セオは数行しか書いていないし、これが史上最悪の詩なのは間違いない。それに、一度ならず全体を線で消して書き直しているのも情けない――この厄介な女性がそれを見逃すはずもない。セオの詩が悲惨だとしても、それは努力しなかったからではない。

ミス・ロックハートはにっこり笑って咳払いをした。セオは彼女の手から紙を奪い取りたかったが、癇癪持ちの詩人というジョージーナのいやみを裏づけたくない。しかも、当然ながらそれは紳士的なふるまいではない。いくらセオが社交の才に欠けていても、野獣のようにあばれまわって人の手からものを奪い取ることはしない。

どれだけそうしたくても。

「レモンクリームに寄せて」ミス・ロックハートはセオを見おろした。「わたしとしてはオレンジクリームのほうが好きだけど」

「きみがなにを好きかはどうでもいい」セオはぶつぶつ言い、いたずらっぽくきらめく彼女の目から気をそらそうとした。

「我が好物はレモンクリーム。見かけどおりの味とはかぎらぬ。単純なデザート、それとも別物？　舌の上で溶けると、幸せな喜びに心は躍る。口あたりよく、酸っぱく、甘く。嫌う者はきっとけだもの」

ジョージーナは遠慮なく笑った。ロバートとエレノアも兄を裏切り、必死で笑いをこらえている。ショールにくるまっているフランセスすら面白がっていた。

ミス・ロックハートはひと息ついた。「まあ、なかなかのものじゃないの」

セオは歯ぎしりをした。そうしないと赤面してしまう。この意地悪な女性の前で赤面はしたくない。

彼女は声を低めて顔を寄せてきた。「〝幸せな喜び〟はちょっと過剰ね」

「評価を求めたつもりはなかったのだが」セオが言うと、ミス・ロックハートは気分を害するどころか、ますます大きな笑みを見せた。

「でも最後の行は気に入ったわ。感動的ね」唇がぴくぴく動く。

彼女はセオをからかっている。セオは憤慨するべきだ。実際憤慨している。しかしそれは彼女のからかいに対してというより、彼女が近づいたことで自分が欲情を覚えた事実に対してだった。

あともう少し彼女が屈みこんだら、乱れてくしゃくしゃの髪はセオの頬を撫でるだろう。ほんの二センチほど屈みこんだら、セオを惑わしつづけているあの甘く清潔な香りは彼を完全に包みこむだろう。

ミス・ロックハートが体を起こすと、セオは安堵と同時に失望を感じた。「なにか言うことはないの？」

「言うべきなのか？」セオは短気に言った。

「ロバート・バーンズに関して」彼女は容赦なく追い詰めた。

「ロバート・バーンズの詩はそんなにくだらないものではないと思う」

「謝罪になっていないわね。でも、まあいいわ。いまのところは」

その挑戦――彼女の言葉だけでなく、頑固な姿勢とつんとあげた顎からも明らかなもの――を受けて、セオも挑み返したくなった。彼はもともと負けず嫌いだが、アナベル・ロックハートはほかの誰にもできないほど彼の闘争心をかき立てる。彼女は自信にあふれている。非常に聡明で、非常に頭の回転が速く、非常に溌溂としている。今日知り合ったばかりでも、セオにはそれがわかった。

棚のでたらめな陳列物からも、それは明らかだ。彼女が城を案内してくれたときも明らかだった——石を積みあげただけの荒廃した建物だとして打ち捨てる人もいるような場所への深い愛情が、彼女の一語一語に刻みこまれていた。

そして彼女を見ていると……胸が苦しくなるほど自分たちが対照的なのが実感される。あたかも太陽をまともに見て、その姿が彼の目と心に消すことのできない像を焼きつけたかのようだ。

太陽はあらゆる陰を照らすわけではなく、ときには陰は光との対照でいっそう暗くなる。暗闇、その重み、その不可避性が、いまのセオの人生だ。それを忘れてはならない。

突然、セオは彼女から離れたくなった。できるかぎり遠くまで走っていきたい。

彼は会釈してミス・ロックハートの横を通り、暖炉前の椅子で休んでいる彼女の伯母のほうに向かった。ここまでの長い道中で想像していた暮らしを送るためには、未解決の問題に取り組まねばならない。

想像しうる唯一の暮らしを送るために——ひとりだけの暮らしを。自分にとって最も大事な三人を除けば。

セオがミス・ロックハートの伯母の前に立つと、彼女は弱々しく微笑んだ。

「悩んでいるようだね」彼女はそう言ってセオを驚かせた。

「そ——そんなことはありません」真っ赤な嘘。

しかし、その嘘を感知できるにせよできないにせよ、彼女のまなざしはやさしかった。

「連絡を取れるご親戚はいませんか？」セオは前置きなしに言った。「あなた方ふたりには、ちゃんと誰かに世話をしてもらえるようにしたいと思います。しかし、我々家族としては、一刻も早くこの地に腰を落ち着けたいのです」

ミセス・ブレアは首を横に振った。「わたしの近い親戚はひとりも生きていないよ」

「ミス・ロックハートのほうは？」

彼女は少し悲しそうに姪を見やった。「何人かはいる。だけどあの子が小さいとき、誰もすすんで引き取ろうとしなかった。いまになって気が変わるとは思えないね」

セオは興味を持ちたくなかった。まったく気にしたくなかった。なのに口は脳の命令を聞く気がないようだった。「どういう意味ですか？」

「あの子は十歳のとき両親に死なれたんだ。父親の姉のところにやられたけれど、二年後に追い出された。その後しばらく父親のいとこのひとりが面倒を見たあと、また別のいとこのもとへ送られて、その家の子どもの世話をさせられた。子どもたちが大きくなると、アナベルがちょっと気に食わないことをするたびに、その家族は路上に放りだすとアナベルを脅した。あの子は苦労したんだよ。わたしが知っていたなら……」ミセス・ブレアは小さくため息をついた。「わたしは家族から縁を切られていたから知らなかった。でも知っていたら、すぐに引き取ってやっただろうね」

セオは同情を覚えた。親を失って恐怖に怯えること、両親の死から立ち直ってもいないのに自分の先行きもわからないことがどんな感じかは、彼も知っている。叔父夫婦のひとり息子が成人していたこと、彼らが土地を所有していて金銭的に豊かだったことは、セオたちきょうだいにとって幸いだった。叔父夫婦は子ども四人をためらいなく自分の家に住まわせてくれたのだ。

きわめて幸いだった。

だがアナベルは違ったらしい。

とはいえ、同情したからといって状況が変わるわけでもない。

「少しは収入があるのでしょう?」

「死んだ夫からの寡婦給与が。たいした額じゃないけど、まあ充分だね。少なくともここで生きていくことはできる。ここじゃそんなにお金はいらないからね」

「伯爵の借金を清算していくらかでも財産が残れば、あなた方に手当を渡せるかもしれません。エディンバラで部屋を借りられる程度には」

いくらくらいを約束できるかは、まだわからない。爵位に付随していて他人に譲渡できない土地のほとんどは羊や牛の牧場だが、南のほうにある採石場はかなりの収益をもたらしている。しかしそれ以外の財産は伯爵の借金を支払うため売りに出している。セオ自身の収入に手をつけずにすむよう、処分できる不動産は処分して借金をすべて清算するつもりだ。

生まれて初めて自分の土地を持てたからには、それを正しく運営しようと心に決めている。すでに軍人としては失敗した。今回の幸運を、無分別な行動によって台なしにしたくない。真面目に取り組めば、家族が生きていける以上の収入をあげられるだろう。妹たちに持参金を用意し、弟を独立させられる。セオが財産めあてに金持ちの女性と結婚しなくても、安楽な生活は送れるはずだ。

結婚ということを考えたとき――花嫁が裕福だろうが貧乏だろうが――汗が噴き出た。セオにとって結婚のお手本は両親だった。彼らは公然と、心から、深く愛し合っていた。自分がそんな結婚をできないのはわかっている。彼はあらゆる人間、とりわけ自分自身に対して、腹の底にもやもやした怒りを抱えている。人を愛せるほど警戒心をゆるめられるとは思えない。なぜなら、ゆるめたら内面の醜さをすべてさらけ出して、必然的に自分のまわりにある善良なものすべてを打ち壊してしまうだろうから。

彼は心の奥底にしまった記憶を口に出して言うこともできないのだ。

しかも、自分自身の心を信頼できずにいる。悪夢がさらにひどくなり、いつの日か正気を失い、心は戦争に戻っていって帰ってこられなくなるのではないか、という不安がある。そうしたら、精神を病んだ者の入るベドラム病院に放りこまれるだろう。

そこがセオのいるべき場所かもしれない。

だから、結婚するつもりはない。

フランセスは痩せた肩をすくめた。「それは寛大なお申し出だね。だけど姪がずっとエディンバラで暮らしていけるとは思えない」

「なぜ?」セオは思わず尋ねた。

「あの子は長いこと自分の好きなように生きてきた。ここにいれば、あの子は自由だ。人にどう思われるかを気にしなくていい。誰もあの子を欲しがらなかったことを思い出さずにすむ」

セオはフランセスの視線を追って問題の女性を見やった。ミス・ロックハートはまたロバートの隣に座り、首を傾けて彼の話を聞いている。笑いながら、無意識にほつれ髪を耳の後ろにかけようとしている。するとセオの視線を感じたかのように、ふと手を止めて彼のほうに目を向けた。

大きな笑みが消え、手が下におりる。ひと筋の金髪が落ちて、頬を撫でた。

胸が苦しくなり、セオは顔を背けた。罪悪感だ、と自らに言い聞かせる。この気持ちは罪悪感にすぎない。望まれない場所に彼女を追いやりたくない。だが譲歩するつもりもない。セオの務めは、彼女に住む場所と生きるための糧を与えることだけだ。彼女を幸福にする義務はない。

「弁護士に手紙を書きます」セオは決意を新たにした。「すべて手配します。うまくいけば、二、三週間ほどで話は決まるでしょう」

そうすればミス・ロックハートはここを出ていき、セオはようやくいくばくかの心の安らぎを得られるかもしれない。

6

アナベルは落ち着かない気分でロバートに向き直った。ついさっきロード・アーデンが向けてきた目にはなにかがあった――なにか、いままでになかったものが。彼の視線を受けて感じたのは、困惑でも苛立ちでもない。とはいえ、なにを感じたのかはよくわかっていない。さっきの目つきは、ロウソクの光のいたずらだったのかもしれない。あるいは、彼は一瞬消化不良で胸が悪くなっただけかもしれない。自分がアナベルを見つめていることに気づいてもいなかったのかもしれない。彼はそれまで、伯母の話に熱心に聞き入っていたのだ。

「お兄さんはどうして怪我をしたの？」気がつけばアナベルは質問していた。もうこれ以上、伯爵のことを考えて時間を費やしたくなかったのに。

「砲弾のかけらが直撃したんだ。それで脚を切断された」

「まあ」アナベルの胸を、望んでもいない同情が駆け抜ける。「どのくらいの期間、戦争に行っていたの？」

「四年だよ」

戦場での四年間。アナベルには想像もできない。「いろんな戦いを見てきたんでしょうね」

「うん。その話はしてくれないけどね」

アナベルは驚いてロバートを見た。「一度も？」

ロバートはやや暗い笑みを見せた。「一度も。定期的に手紙はくれたけど、怪我をしたことすら教えてくれなかった。兄さんが帰還して自分の目で動かぬ証拠を見るまで、ぼくたちは知らなかったんだ。あれには……動揺したよ、控えめに言っても」

彼女はぱっとロード・アーデンに目をやった。

「脚を切断したことにじゃない。あんな手術を受けておきながら、ぼくたちに言ってくれなかったことにだ。死んだかもしれなかったんだよ」

「知らせていたとしたら、なにかが変わった？」アナベルはそう訊いたあと、すぐに後悔した。まるでロード・アーデンの側についているように聞こえる。誰の側にもつきたくないのに。とりわけ、アナベルを気に入っていない不機嫌な男性の側には。

「変わらなかっただろうね」ロバートはにやりとした。「ぼくは兄を不当に非難しているのかな？」

「いいえ。そんなことないわ」

「兄は昔から……自分の内にこもりがちだった。他人に対して簡単に心を開かない。だけど帰還してからは……」

アナベルはつづきを待った。

「完璧に他人を遮断しているみたいなんだ。ぼくたちすら。長男としてぼくたちの面倒を見る義務を感じていなかったとしたら、ここにもひとりで来ただろうね」

その非難の言葉の裏に、アナベルは真の感情を聞き取っていた――心配、苦悩、苛立ち。

「時間が助けになるかもしれないわ」アナベルがおずおずと言ったのは、確信が持てなかったからだ。時間が助けになるかどうかはわからない。ロード・アーデンがなにを見てきたのか、なにに悩まされているのか、アナベルは知らない。彼が弟や妹にすら心を閉ざしている理由も。

気にはなる。でも気にしたくない。あまりそのことについて考えていたら、彼の身を案じるようになる。そうしたら、彼を追い返すのがいっそう難しくなる。

ロバートは吐息をついた。「だといいけど。せっかく帰ってきてくれたのに、兄を失いつつあるみたいな感じなんだ」彼は唐突に笑い出した。自嘲するように。「あまり楽しい話じゃないね。なにか面白いことを話してくれ。きみのことを教えて」

アナベルは話した。だが話しながらも、心の半分はロード・アーデンの問題に向けられていた――心配している弟妹のこと、謎めいた彼本人のこと。自分自身の家族を守らねばならないとき、他人の家族の問題に首を突っこむ余裕はないのに。

アナベルは決意を新たにした。

誰かがここを出ていかねばならない。それはアナベルではない。

翌朝、アナベルは夜明けに城を出た。しばらくあと、風で髪を乱し、顔を赤くして戻ってきた。朝食の用意をするようカトリオナに言いつけておいた客間に入ると、ロード・アーデンはテーブルについていて、彼の前には新鮮なニシンとバターつき大麦パンを載せた皿が置かれていた。

アナベルは入り口で立ち止まったが、彼はすでに扉に面した場所から彼女を見ていた。従者がいないにもかかわらず、ロード・アーデンの服装はきちんと結んだクラヴァットから磨きあげられたブーツまで一分の隙もない。彼は黒、灰色、濃い青といった、地味で暗めの色を好んでいる。アナベルの一部は、一度でいいから彼の乱れた格好を見たい、少しは人間的なところを見せてほしいと思った。

そのとき、彼の目に弱さを暗示する小さな手がかりがあるのに気がついた。瞳の奥に陰が見える。ところが彼は目を細めて険しいまなざしになり、アナベルの乱れた格好を見つめた。ロード・アーデンがなにを考えているのかアナベルには見当もつかない――凛々しい顔には不思議なほど表情がない。でもその無表情の裏に山のような非難があったとしても、アナベルは驚かなかっただろう。

アナベルはお辞儀をした。「ロード・アーデン。早起きなのね」

「きみも早起きのようだ」

「わたしに言わせれば、外出するのにいまが一日で最高の時間よ」

「なるほど」彼は黄色いモスリンのドレスを上から下まで見て、足で視線を止めた。「今回は靴を履くのを忘れなかったらしい」

アナベルはむっとして大麦パンの皿のほうを向き、自分の皿に山盛りにした。山が傾いて崩れそうになり、自分の手でそれを押さえるまで、いくつ取ったか気づいてもいなかった。

肩越しに振り返って伯爵をちらりと見ると、彼は黙ってアナベルを見つめていた。

彼女は微笑んだ。「乗馬したあとはかなりおなかがすくの」

「いつもこんなに朝早く乗馬するのか？」

「ときどきは」

「ひとりで？　それはあまり安全といえないぞ」

アナベルはますます大きく笑って彼の向かい側に腰をおろした。彼をからかわずにはいられない。「わたしの身の安全を気にかけてくださるの？　やさしいのね」

ロード・アーデンの表情が険しくなる。彼はコーヒーを飲んだ。「いや、好きなだけ乗馬すればいい。夜中でも。きっとスリルがあるだろう」

アナベルは無邪気を装って眉をあげた。「試したことはあるわ。目を閉じて乗ることもあるのよ」

彼は唖然とした。

「馬は道を知っているもの」アナベルはほがらかに嘘をつき、大麦パンを口に運んだ。噛みながら背筋を伸ばす。「もう自分の領地を見てまわった？」パンをほおばっているため言葉は不明瞭だ。

彼は信じられないという目で、とんでもなく行儀悪くふるまうアナベルを見つめている。

「なんだって？」

アナベルはパンをのみこみ、申し訳なさそうな表情になった。「ごめんなさい。もう自分の領地を見てまわったの？」

「いいや。昨日は旅で疲れていたから、城を見たときまっすぐここまで来た」

「ぜひ今朝見にいくべきだわ！　外は快晴よ。少し風はあるけれど。でもここハイランドでは、晴れた日を逃してはいけないの。晴れることはめったにないから」

「イングランドとそう違わないな」

「あら、そうかしら」アナベルはあまり熱心に聞こえないようにした。ハイランドで暮らすことを考え直させたいけれど、彼女の動機について疑問を抱かせてはならない。「エディンバラに住んでいたときは、もっと暖かかったわ。太陽ももっと出ていたし。雲ばかりだと憂鬱になるわね」

「わたしはそんなに繊細じゃないから平気だ」

アナベルは自分のカップにコーヒーを注ぎながら、残念そうな様子を装おうとした。でも彼は少しも気にしていないようだ。

そのあとエレノアが入ってきたので、アナベルは温かく微笑みかけた。「領地を見てまわる話をしていたの。丘の頂上まで道がつづいていて、そこからだと遠くまで見えるのよ」

ロード・アーデンはちっとも感動していないようだ。「なにを見るんだ？　果てしない羊の群れか？」

アナベルは深呼吸して気持ちを落ち着かせた。「ほかにもいろいろあるわ。美しい景色よ」

「すてきね」エレノアが言う。「一緒に来ない、セオ兄さん？」

ロード・アーデンはうなったが、アナベルはそれを肯定だと解釈した。「ほかの人を待ったほうがいい?」

「ふたりは、あと一、二時間は寝ていると思うわ」エレノアは答えた。

食事を終えると、ロード・アーデンは外套を取りにいき、アナベルとエレノアはショールをはおった。三人は城を出て北に向かった。道は徐々に丘の頂上へとつづくのぼり坂となった。ここには、アナベルが入り江に行くのにいつも使う、踏み固められた小道がある。丘は世界一好きな場所だ。座って考えごとをし、潮の香りを嗅ぎ、霧が顔を撫でるのを感じられる場所。

彼らがこの道や風景を気に入ろうが入るまいがアナベルに関係ないのはわかっている。なにしろ彼らをここから去らせようとしているのだから。それでも誇らしい案内役になった気分で自分が好きな場所を案内し、彼らも好きになってくれることを願った。不安で胸が苦しくなる……長年感じておらず、昔と同じくいまも気に食わない感情だ。

一陣の風がロード・アーデンの髪を乱して顔にまとわりつかせ、アナベルの髪からぞんざいに差していたピンを少なくとも二本吹き飛ばした。もっと入念に身支度していたエレノアの格好はまったく乱れなかった。

「ほらね」アナベルは言った。出発前、彼女はロード・アーデンに帽子をかぶらないよう忠告していた。「帽子をかぶっていたら吹き飛ばされたでしょうね」そして、あとから思いついて付け足した。「もっと南のほうや内陸部は、ここまで風が強くないわ」こんな散歩を経験したら、もっと過ごしやすい気候のほうが魅力的に思えるだろう。

ロード・アーデンはアナベルを見た。彼の顔に笑みが徐々に広がる。その予想外の表情、そのいたずらっぽさに、アナベルは腹を殴られたような衝撃を受けた。

「きみは魔女みたいだな」

アナベルは背筋を伸ばした。「なんですって？」

「『マクベス』の冒頭に登場する魔女としてわたしが想像する姿そのものだ。劇のような稲妻は光っていないが」

「それがお世辞のつもりだとしたら、あなたは長く兵士をやりすぎたわね」

アナベルは冗談で言ったのに、ロード・アーデンの顔からはゆっくり笑みが消えていった。

「そうかもしれない。兵士以外にはなれそうにない」

アナベルは微笑もうとした。「いずれなれるわ」

けれど親密な瞬間は過ぎ去り、ロード・アーデンはすぐ前の地面に目を据えた。あの笑みが消えたことをアナベルは残念がり、不用意な言葉を取り消せたらいいのにと思った。

およそ十分後に頂上に着いたとき、アナベルの横でエレノアとロード・アーデンは息をのんだ。前方に広がる険しい山々や低い渓谷は風に吹かれて荒涼としている。朝の霧はまだ高山の頂上を覆っている。灰色がかった緑の草の中に黄色いハリエニシダとふわふわした白い羊が点在し、羊の向こうでは黒い牛が草を食《は》む。北側の標高の低いところにある大きな湖に日光が反射する――今日の水面は青くきらきら光っているけれど、それはハイランドの天候と同じくすぐに変化する。荒れて黒くもなれば、穏やかで灰色にもなる。

アナベルは散在する古い小屋を指さした。「小作人は昔の半分くらいしかいなくて、あの小屋のいくつかは無人なの。だけどまだ壊してはいないわ。先代の伯爵は土地の大部分を羊の牧場に変えようとしていたのよ。もっと長生きしていたら、ハイランドの住人を完全に放逐したでしょうね」

ロード・アーデンはアナベルに鋭い視線を送った。「追い出された住人はどうなった？」

「スコットランドを出た人もいれば、仕事を求めてグラスゴーやエディンバラに行った人もいる。戦争に行った人も。ハイランドじゅうでこういうことが行われているの。戦争から帰ったら住む場所がなくなっていた、ということがよくあるわ。自分の意思で出ていった家族もいるけれど、無理やり追い出された家族もいる」

「ひどい」エレノアは言った。

アナベルはうなずいた。「ほんとうにひどいことよ。ここにあるのは、好き勝手に燃やしたり壊したりしていい建物じゃない。家なのよ。生活なの」ロード・アーデンのほうを向く。驚いたことに、彼は一心にアナベルを見つめていた。「あなたが先代伯爵の事業を引き継がないことを願っているわ」

「そんなことをする理由はない。いまでも、わたしの家族が快適に生きていくのに充分な収入がある」

「新しい地主たちが望んでいるのは快適な生活じゃないわ。ロンドンの貴族みたいな生活よ

――高価な馬車、サラブレッド、都会の豪華な屋敷、狩猟場」

「人生には金より大事なものがある」ロード・アーデンは言った。「故郷にとどまりたい人間を誰ひとり追い出すつもりはない」

アナベルは彼の目を見つめ、その発言が本気であることを悟った。肩にのしかかっていた重荷が取り去られ、胸になにかが走った――敬意だ。もしかすると、わずかな好意も。

彼女はあわてて目をそらした。「農場で育てているのは、主にカブ、大麦、オート麦よ。同じものばかりつくっていると土地が痩せてくるから、それらを輪作するほうがいいの。漁場があるけれど、先代伯爵が管理を怠っていたせいで、すたれてしまったわ。また漁業を興せば、仕事が生み出せるでしょうね」

こんなふうにロード・アーデンに協力するのは、彼がここに居座った場合も残ったハイランダーが困らないようにするためだ、とアナベルは自分に言い聞かせた。助言するだけなら害はない。

彼はうなずいた。「考えておこう」

「それから、あれは」アナベルはくだり坂の途中にある土と草葺きの小屋を指さした。「イアン・キャメロンの住まいよ」

ロード・アーデンは不審顔になった。「イアン・キャメロンとは？」

「この領地の仕事をいろいろしている人。いまは土地差配人よ」

彼は眉をあげた。「前伯爵の土地差配人はグラスゴーに住んでいて、賃貸料を集めにくるだけだと思っていたが」

「だったら、その人は解雇すべきね。ミスター・キャメロンが実質的にすべての仕事をしているのよ……ハイランダーはロウランダーを相手にしたがらないけど、ロウランダーである差配人はそういう問題を伯爵に報告しなかったの。ミスター・キャメロンを雇って仕事をさせ、利益のほんの一部を報酬として支払っていたわ」

「ミスター・キャメロンは好かれているのか？」

「ええ、愛されているわ。彼を雇いつづけていたら、なんの問題も起こらない。実を言うと、先代伯爵の雇った土地差配人を、わたしは信用していなかったの。ミスター・キャメロンのほうが正直よ。会ってみる？」

ロード・アーデンは少し警戒しているようだ。「どうせいずれは会わねばならないだろうな」

三人が狭い小屋のほうへ行くと、イアンは岩を壁のように積みあげていた。彼は若い男性で、容貌もくだけた服装——膝丈ズボン《ブリーチズ》、ブーツ、リネンのシャツだけという格好——も魅力的だった。袖を肘の上までめくりあげていて、腕の筋肉は盛りあがっている。彼は三人に気づくと岩を下に置いた。

エレノアは筋肉質の腕を見つめ、ぽっと頬を染めた。

「いま彼をすてきだと思っているなら、キルト姿を見るべきね。彼の膝もほかの部分と同じくらいすてきなのよ」アナベルは耳打ちした。

ロード・アーデンはアナベルに驚くほど辛辣な視線を向けた。エレノアは手で口を押さえて笑いをこらえた。

イアンが体を起こす。アナベルはさっと進み出て紹介を行った。

挨拶を交わしたあと、ロード・アーデンはイアンに、羊飼いや羊や牛や牛追いの数、農場の収穫高、漁場を修復できる可能性、採石場について質問した。また、領民のことも尋ねた――彼らの名前や子どもの有無。ふと気づくとアナベルはロード・アーデンを見つめていた。

さっきの敬意がまた胸にわきあがるのが感じられる。

彼女はそんな感情を乱暴に抑えこんだ。ロード・アーデンがその場を離れようとしたとき、アナベルはイアンに眉をあげてみせた。なんとしても計画を成し遂げたい。ロード・アーデンに驚かされているのは関係ない。彼が優秀な領主になるかもしれないことも関係ない――彼はどこか別の場所で優秀な領主になればいい。

いくら彼が優秀でも、機会があればすぐにでもアナベルを追放しようという意図は変わらない。追放されたらフィオーナとメアリーはどうなる？　アナベルはどうすればいい？

アナベルの鋭い視線に気づいたイアンは咳払いをした。「それと、狼には気をつけてください」

ロード・アーデンは足を止めた。「狼？」聞き間違えたかのように問い返す。

「はい」

「スコットランドに狼がまだ生息しているとは知らなかった」

「雑種かもしれません。昔の狼と野犬の。だから、よけいに攻撃的なんです」イアンは真面目くさって言った。

「狼に悩まされたことはあるのか？」

イアンはうなずいた。「やつらはどんどん獰猛になっています。狼の習性で群れをつくっています。つい先日も、何頭かがお城を取り囲んでいるのを見ました」

「なぜ城を取り囲む？　狼は家畜を狙うと思うのだが」

イアンは肩をすくめた。「ふつうの狼ならそうでしょう。さっきも言ったように、やつらはふつうの狼じゃないんです。ぼくはひとりでマスケット銃を持たずに出歩くことはしません。もちろん、やつらはすごく足が速いし、こっそり動きます。出くわしたらマスケット銃を撃つ時間もないかもしれません」

ロード・アーデンは疑わしそうだ。「では、どうすればいいのだ？」

「警戒を怠らないことです。どんなときも」というのが、イアンの無益な助言だった。

去り際にアナベルが微笑みかけると、イアンは少し渋い顔で応えた――これ以上彼女の計略に自分を巻きこまないでほしい、という表情だ。さっきアナベルはイアンを正直な人間だと言ったが、それは真実だった。イアンがアナベルの計画に協力したのは、アナベルが今朝早く訪ねていって頼んだからにすぎない。むちゃな頼みごとをしたのは今回が初めてだった。

イアンの小屋を離れてもとの道を戻るとき、エレノアは心配そうに下唇を噛みながら兄のほうを見た。「ここは危険だと思う？」

ロード・アーデンは髪をかきむしった。「スコットランドに狼がいるなど初耳だ」

「だけど、ミスター・キャメロンが目撃したんだとしたら……ここはかなりの奥地だし……狼が生息しているとすれば、たしかにこんな場所でしょうね」

「そうだな。しかし、たしかなことはわからん。ミスター・キャメロンは見間違っただけかもしれん」

「狼の群れを見間違ったりすることがある？」アナベルが訊く。

「わからない。もしかすると、彼は寝ぼけていて野良犬を何匹か見ただけかもしれん。あるいは酔っていたのかも」

「ミスター・キャメロンはめったにお酒を飲まないわ。彼はすごく真面目なのよ」

ロード・アーデンはアナベルを見つめた。「どうしてミスター・キャメロンの飲酒の習慣について知っている？　よく会いにいくのか？」

その質問には重みがある。アナベルは、彼は口にしていない別のことを尋ねているという気がした。

「たまにね」彼女は正直に答えた。「彼が酔っ払っているところは見たことがないわ」

「だからといって酔わないとはかぎらない」ロード・アーデンは不満げに言った。「警戒は怠らないでおこう」そう言って妹を安心させる。「だが自分の目で狼を見ないかぎり、問題があるとは思えない」

困った。アナベルはありったけの苛立ちをこめてこぶしを握りしめた。荒れ狂う狼と野犬の雑種の存在を、ロード・アーデンが不安視することを期待していたのに。
別の作戦を試さねばならない。

7

その後、セオは馬の様子を見るため厩舎に向かった。最近はこれほど長い距離をつづけて歩いたことがなく、布で覆った義足でも、肉と接する部分はこすれて痛む。歩みの速度は、さっきミス・ロックハートとエレノアとともに坂道をのぼったときの半分ほどになっていた。狼についてのキャメロンの警告――〝警戒を怠らないことです。どんなときも〟――を思い出し、きょろきょろとまわりに目をやった。もともと彼は、好もうが好むまいが常に警戒している……しかしいくら警戒したところで、狼の群れと戦って追い払えるとは思えない。キャメロンが別のものを狼と見誤ったことを願うばかりだ。

これが初めてではないが、セオは歩きながら、岩を子どものおもちゃのように軽々と積みあげるたくましいイアン・キャメロンがアナベルとどんな関係なのかと考えた。衰弱した伯母と使用人以外に話し相手もいない彼女は、ほとんどの時間をひとりで好きに過ごしているだろう。彼女がすぐそばに住むキャメロンと一緒に過ごしていると考えるのは邪推だろうか？　キャメロンの筋肉といまいましいすてきな膝に彼女が惹かれていると思うのは？

なにしろキャメロンは典型的な筋骨たくましい男性で、アナベルの裏庭に住んでいるも同然なのだ。

そしてキャメロンのほうもアナベルに惹かれていると考えるのも邪推だろうか？　ムーア

をうろつき、髪を決してきちんとまとめず、妖婦のごとく奔放に笑う彼女に？

セオは胸が苦しくなり、杖をきつく握った。この人里離れたムーアでアナベル・ロックハートがどれほど好き勝手にふるまおうと、セオの知ったことではない。ほんの数週間後には——運命の女神がセオに少しでも好意を感じているならもっと早く——彼女はいなくなり、セオは二度と彼女のことを考えなくてよくなるのだ。

厩舎までは砂利敷きの狭い歩道がつづいている。昨日はこのあたりを通るのに荷馬車で揺られてきたので、こういう歩きやすい道があるのはありがたい。厩舎の扉は開いている。セオは中に入り、水のバケツを運んでいる馬番の少年——あるハイランダー家族の息子——にうなずきかけた。

意外にも、馬房にいるのはセオの連れてきた馬たちだけだった。馬は入ってくるセオを見ると小さくいなないた。セオは葦毛の雌の首を撫でてやり、オート麦と藁と馬糞のにおいを嗅いだ。

よく考えてみれば、驚くべきことでもない。ミス・ロックハートと伯母が少ない収入で暮らしているのなら、馬は不必要な贅沢品かもしれない。

いや、今朝彼女は乗馬してきたと言わなかったか？　勝手にセオの馬に乗ったのか？

雌馬は知性を感じさせる黒い目でセオを見つめている。乗馬を試してみようかと思ったものの、義足でうまく乗れる自信はない。乗ったりおりたりするのに人の手を借りる必要はあるだろうか？　恥をかいてまで無理に乗る値打ちがあるとは思えない。

女性の声がしたので、馬に背を向けて厩舎の裏まで行ってみた。一時的に日の差した草地に足を踏み出そうとしたとき、目の前の風景にぎょっとして動きが止まった。

ミス・ロックハートが男物の服を着て――より具体的には乗馬用膝丈ズボン《ブリーチズ》をはいて――馬の中でもずんぐりした種類のハイランドポニーにまたがっている。ピンから逃れて落ちた髪は乱れ、気持ちよさげに肩を撫でている。エレノアがなにか言うと、彼女は頭を反らして笑った。ローン地のシャツが完全な不透明でないことを意にも介さず。ブリーチズが第二の皮膚のように太腿にぴったり張りついていることを意にも介さず。

あるいは男性の抱きしめる手のようにぴったりと。

そんな思いと、それに伴って突然生じた欲情に、セオはすっかり狼狽した。まるで腹へのひと蹴りのごとく、瞬時に彼を襲った招かれざる強烈な欲情。彼女のふるまいは常軌を逸している。セオはあきれ返るべきだ。あのシャツの襟元から手を滑りこませたいと思うのではなく。

視線をミス・ロックハートの向こうに動かしたとたん、腹で渦巻く炎は怒りに転じた。エレノアとジョージーナの格好を見て、顎が痛くなるほどきつく歯ぎしりをする。馬にまたがるために、妹たちは男物の服を着るのではなく、ドレスをたくしあげてストッキングを履いた脚をあらわにしていた。ズボンをはくのとドレスをめくりあげるのとではどちらがより悪いのか、セオには判断できない。

ふだん行儀のいい妹たちがミス・ロックハートと一時間一緒に過ごしただけでこんな悪影

響を受けるのだとしたら、セオが警戒すべきは獰猛な狼だけではなさそうだ。

彼が声——おそらくは意味不明のうめき——を出すと、ミス・ロックハートはぱっとこちらを向いた。彼の怒りの形相を見て笑みは薄れたものの、頬の赤みはさっきまでの楽しさの証拠として残っている。妹たちの笑顔も消えた。

セオは意地悪じいさんになった気がした。だが、この場にいる中で、彼は唯一のまともな人間ではないのか？

「おりろ」ジョージーナに言う。

妹がふくれっ面を見せながらも敏捷に下馬すると、ドレスはふわりと脚を隠した。

「おまえもだ」セオはエレノアに向き直った。「いったいどういうつもりだ？」

「セオ兄さん」エレノアは気まずそうだ。「兄さんが来るとは思っていなかったの」

「だろうな」彼は冷たく言った。エレノアの頬に泥がついているのを見たとき、セオの胸がどきりとした。「怪我をしたのか？」

「なんですって？」

「顔が汚れているぞ」

「ああ、それね」エレノアが急に赤面すると、ミス・ロックハートが口を挟んだ。「ハイランドの馬は長時間厩舎に入れられているのが嫌いなの。乗りたい人は、つかまえなくちゃならないのよ」

「つかまえる？」

「ええ」彼女の口調は腹立たしいほど明るい。「馬はふだん丘のあたりでうろうろしているから、それを沼地まで追っていくの」誰かを殴りたそうな顔をしているであろうセオを見て、彼女は急いで先をつづけた。「しばらく追いまわしていたら、やがて馬のほうがあきらめて、つかまえさせてくれるわ。なにも危険はないのよ。この子たち、とても気性が穏やかだから」

たしかに馬はおとなしそうで、セオを見るまなざしは温和だ。しかし問題はそこではない。肝心なのは、若い女性が馬を追いかけたり、またがって乗ったり、脚を見せたりしてはいけないことだ。それをわざわざ指摘する必要があること自体、信じられない。

「とっても楽しかったわ」エレノアは言った。セオが鋭い目を向ける。妹は空気がおいしそうに深呼吸している。楽しそうだ。とても楽しそうだ。ここまで楽しそうなエレノアを見たことがないという事実にふと思いいたり、彼の怒りは多少やわらいだ。

「沼にはまらなくて運がよかったな」ぶつぶつ言ったものの、口調は穏やかになっている。

ミス・ロックハートは手助けもなくひらりと馬からおりた。「なにも心配いらないのよ。ここには小さな沼地が数カ所あるだけだし、どこを避けるべきかは知っているわ。一、二度はまったことがあるから」

三人は唖然として彼女を見つめた。だが正直なところ、セオが見つめている理由は驚きだけではなかった。ミス・ロックハートが後ろを向いて馬を撫でているあいだ、彼の目は地面から徐々に上方へと向かっていた。長い脚、柔らかそうな太腿、そして美しい曲線の――彼女がこちらを向いたので、セオはあわてて視線を上に戻した。自分は好色な放蕩者ではない。

会話のあいだくらい、ブリーチズに包まれた脚から目をそらしていられる。

そうできることを祈った。

「沼から出るのにはコツがあるの。まずは落ち着くこと。あわてると、ますます深くはまってしまうのよ」

必死で祈った。

「はまっちゃったら、何年か後に見つかることになるかもしれないわね、ミイラみたいになって」たいていの人が敬遠することに興味を抱く傾向のあるエレノアが言う。彼女がこういう変わった嗜好を持つようになったのは父のせいだとセオは思っている。父は病気の患者の治療に行くとき、無神経にも、まだ小さかった長女を非公式の助手として連れていったのだ。

父は医者であると同時に自称素人博物学者でもあった――そしてエレノアは昆虫学におおいに関心を持ち、ほとんどの人間なら見ただけで悲鳴をあげるような六本脚の生き物をうやうやしく扱うようになった。

その結果、怖がって当然の場合でもまったく怖がらない人間になったのだ。

「おぞましい話だ」セオが言う。

「面白い話よ」ジョージーナが返す。

ミス・ロックハートも興味津々の様子だ。セオは不幸にも、型破りの女性たちに囲まれてしまったらしい。

一同は歩きはじめた。つながれていない馬は、そこここで立ち止まっては草を食べたり、どこかをうろついたりする。山や谷、沼やムーア、冷たい海風や広々とした空のある地で自由に生きている馬は、きっと丈夫な生き物なのだろう。

セオはミス・ロックハートの後ろについたが、それが都合の悪い場所であることはすぐにわかった。つい視線を下へ向けそうになり、あわてて上に戻す。彼女が振り返ってセオに尻を見られていると気づいたときの反応は、容易に想像できる。おそらくセオをあざ笑うだろう。

笑われたとしても、それは自業自得だ。彼はミス・ロックハートの後頭部、その乱れた髪に視線を据えた。あの巻き毛にさわってみたくて手がうずうずする。それがどんな感触かを知るために。柔らかいのかごわごわしているのかとこれ以上考えずにすむように。

そんなふうに手がうずうずすることに、どうしようもなく腹が立つ。

「二度と馬にまたがって乗るな」彼は妹たちに言った。

「セオ兄さんったら」ジョージーナが文句を言う。

彼はぱっと手をあげた。「だめだ。そんな行儀の悪いことは許さん」

アナベルが振り返った。「誰にも見られないわよ。妹さんたちもここに住むなら、たいていの若い娘にはない自由を享受することになるわ。そういう自由は皮膚にしみこむの。心の奥までしみこんでいくのよ」

セオは怖い顔になり、彼女こそ食べ物についての詩を書くべきだと辛辣に考えた。「だったら、妹たちは自分を律するようにせねばならない。あるいはわたしが家庭教師を雇って一日じゅう監視させておくか。いずれにせよ、家庭教師は雇うべきだな」

エレノアの顔に苛立ちがよぎった。「わたしはもう、家庭教師をつけられるような年じゃないわ」

「ジョージーナはそんな年だ」

「わたしたちは一度乗馬に行っただけよ。兄さん、意地悪じいさんみたいに、いつもいつもそんな気難しく考えないで」ジョージーナは不平を言った。

なるほど。セオは悪人、ミス・ロックハートは救世主というわけだ。彼は妹たちを守ろうとしているだけなのに、ジョージーナが非難したとおりの意地悪じいさんになった気がしている。もう耐えられない。「いい結婚、いやどんな結婚もできる希望のない年増の独身女がなにかをいい考えだと思ったからといって、ほんとうにいい考えだとはかぎらないぞ。その女が半ば未開人になっているという理由で、おまえたちふたりまで未開人になることはない。おまえたちには持参金を持たせる。おまえたちは行儀よくふるまい、いい相手と結婚する。反論を聞く気はない」

重苦しい沈黙が降り積もった雪のように彼らを覆った。自分がいかに冷酷なことを言ったかにセオが気づいたのは、言葉が口から転がり出たあとだった。ミス・ロックハートが板のように身を硬くして足を速め、ずんずん離れていったときはじめて、セオは彼女を傷つけたことを悟った。

「セオ兄さん」エレノアの声には失望した母親のような非難があふれている。

「感情を害するつもりはなかった」セオは傷ついた脚の急な激痛を無視して言った。

ジョージーナは眉根を寄せた。「兄さんはアナベルを、結婚できる希望のない年増の独身女、未開人と呼んだのよ。なのに感情を害するつもりはなかったわけ？」

「未開人だとは言わなかった」セオは気まずい思いで弁解した。「半ばそうなっていると言っただけだ。それには大きな違いがある」

「はっ」ジョージーナがつぶやく。

「ミス・ロックハートに謝罪する。おまえたちふたりが、もう馬を追いかけたりまたがって乗ったりしないと約束するなら」

彼の言葉に、ふたりはしぶしぶ「わかりました」と答えた。

セオはミス・ロックハートが城に入っていくのを見つめた。白とベージュの服、それに黄金色の髪が、点のように見える。小さく弱々しい点。彼女が傷つきやすいとは、いままで考えたこともなかった。そう思ったとき、心のある場所に小さな痛みが生じた。

いや、かつて心のあった場所に。

8

今夜の食事も昨夜の残り物の鶏肉のあぶり焼きだった。食事のあいだじゅうアナベルはなんとか、ロード・アーデンと話すことも、彼を見ることも、体を近づけることも避けていた。そのあと一同は客間へ移動した。

アナベルはもっと面の皮が厚いつもりだった――ふだんはほんとうに、もっと面の皮が厚いのだ。なのにどうして、彼にどう思われているかが気になるのだろう？　それに、彼の言ったことはどれも嘘ではない……アナベルは年増の独身女だ。おそらく一生結婚しない。上流社会では未開人と呼ばれそうなふるまいをしている。なぜなら、ここに彼女を批判する上流社会は存在していないから。

人生になんの楽しみも見いだしていない批判的な伯爵ひとりに、アナベルの感情を左右できる力があるはずはない。彼女を傷つける力は。ところが、実際そんな力があるらしい。彼の言葉は、まるで皮膚に刺さったとげだ――しつこく、腹立たしく、ずきずき痛む。

「ミス・ロックハート？」

暖炉から顔をあげると、いま考えていた対象がすぐそばに立ち、窮屈そうに背中を屈めているのが見えた。アナベルは渋面になってオレンジと黄色の揺れる炎に目を戻した。

「わたしは謝るべきだと思う」

アナベルはすぐさま彼に顔を向けた。「思う？」

彼にもばつが悪そうにするだけの分別はあった。「謝るべきなのはわかっている。きみの気分を害したのだとしたら申し訳ない」

アナベルの気分を害したことが悪いのであって、そもそもあんな発言をしたこと自体が悪いのではない、という意味？　謝罪としては、あまり適切とはいえない。「謝ることに意味はある？」アナベルは歯を食いしばったまま言った。「いまでも自分の言ったことが正しいと思っているのなら」

「わたしは――」彼は口ごもったあと言い直した。「自分の考えをなんでも口にしていいわけではない」

「つまり、ああいう考え方を謝っているんじゃないのね。口が脳の命令を聞かないことを謝っているだけ？」

ロード・アーデンは顔をしかめた。「たしかに、わたしはときどき、どういう影響をもたらすか考えずに発言することがある」

アナベルは笑いを漏らした。「ときどき？」

彼がますます顔をしかめると、目のまわりと額にしわができた。「もう少しお手柔らかにできないのか？」

「わたしがやさしくすべき理由はないわ。それと、あなたの謝罪は受け入れません」

彼ははっと息を吐いた。「わかった」

「じゃあ、そういうことで」

「じゃあ、そういうことで」彼はその場を去ろうといったん背を向けたあと、また振り返った。杖が勢いよく床を打つ。「初対面でわたしが言ったことについてだが。きみはなんだと尋ねただろう。あれは侮辱のつもりではなかった。わたしを恨むにしても、あのことについては恨まないでほしい」

侮辱でなければあんな失礼な発言でなにを言いたかったのか訊こうと、アナベルは口を開けた。ところが相手はすでに部屋の反対側に向かって歩きはじめており、彼女はぴしゃりと口を閉じた。

しばらくしてロバートがやってきたとき、アナベルは安堵しかけた。ロバートの気安い笑顔、打ち解けた話し方、冷たくきびしいのではなく温かくやさしい端整な顔立ち。ロバートには、兄のような辛辣さも、アナベルの気分を害することを言う癖もない。

なのになぜか、夜のあいだ一度ならず、意に反してアナベルの視線はひとりでたたずむロード・アーデンに向けられたのだった。

その夜全員がそれぞれの部屋に戻ったあと、アナベルはフィオーナの様子を見にいった。妹は起きていたけれど、メアリーは眠っていた。姉妹は話すためそっと厨房に入っていった。アナベルが調理台に置いた燭台が、ふたりのまわりに小さな光の輪を投げかける。

「今日のメアリーはどうだった？」アナベルは尋ねた。

「元気よ。だけど、ちょっと落ち着きがなかったわね。あとどれくらい、こんなふうにあの子を静かにさせておけるかわからない。あの子は伯母さん似よ。外へ行って探検したがっているの」

「わかっているわ」アナベルは力なく言った。「もう少し時間をちょうだい」

「伯爵を追い出せると思う？」

「いくつか考えはあるのよ」アナベルは曖昧に言ったものの、実を言うと作戦は尽きてきた。あの厄介な男性は驚くほど頑迷に、この崩れかけの城にとどまろうとしている。野生の狼がいると脅したり、外からの影響がないせいで妹たちが無作法なおてんば娘になる可能性を示したりすれば、彼はこの地を去りたがると思っていた。ところが彼は、狼についてのイアンの話に平然としていた。妹たちが馬にまたがって乗ったことには動揺したものの、心配のあまりこの地を出ようとはせず、家庭教師を連れてくると彼女たちを脅しただけだった。

腹が立つ。

彼には実に腹が立つ。

いまのアナベルはたいていの人と仲よくできるけれど、ロード・アーデンはたいていの人とは違うようだ。

「ここはわたしたちの家よ。そう簡単にあきらめてたまるものですか。フランセス伯母様の話だと、彼はわたしたちに新しい住まいを見つけるまではここに置いてくれるそうよ。だから、少なくともあと二、三週間の余裕はあるの」

いずれなにか思いつくだろう。思いつかねばならない。

「ここにいれば安全よ、フィオーナ。コリンには見つからない」

フィオーナは青ざめた。震えないよう調理台に手をつく。アナベルはすぐさま軽率な発言を後悔した。なにより悔しいのは、義弟の名前にフィオーナをこれほど怯えさせる力があることだ。

フィオーナが結婚し、義弟がアナベルの同居を拒んだとき、アナベルは裏切られたと感じて、短剣で心臓を突き刺されたような痛みを覚えた。拒絶されることがどんな感じかフィオーナは知っていながら、ためらいなくアナベルを見捨てたのだ。

でも、裏切られたという思いに判断力を曇らされずに考えてみると、自分はなにかを見落としていたのかもしれない。フィオーナは当時から夫を怖がっていたのか？　夫の願いを拒んだらなにをされるかと怯えていたのでは？　なぜアナベルはそれに気づかなかった？　どうしてもっとよく見ようとしなかった？

胸が苦しい。「あなたを守ってあげなくちゃいけなかったのに」かすれた声でささやく。

フィオーナは顔をあげた。目は潤んでいる。「そんなことない。姉さんは知らなかったんだもの」

「気づくべきだったわ。もっとなにかするべきだった。あなたを守るのはわたしの務めだったのよ」アナベルはその務めを果たせなかった。最も大切な義務を果たしそこなった。「ごめんなさい」

「姉さんのせいじゃない」

けれどその言葉は、アナベルにはうつろに響いた。胸に生じた罪悪感の根幹を揺るがしはしなかった。落ち着きなく乱れた心で厨房を出る。たとえベッドに入っても眠れないだろう。これまでも妹を守れなかったし、いまもちゃんと守れていない。もっとなにかしなければならない。もっと激しく戦わねばならない。

おぼろげながら、ある考えが頭に芽生えた……少しばかげている……けれども、うまくいったら……。

うまくいったら、ロード・アーデンはこの最果ての地に住みたいという頑固な願望を考え直そうとするかもしれない。

アナベルは中庭に出た。半月は草の上に銀色の弱い光を落としている。ロウソクを吹き消し、誰かが窓から外を眺めても姿が見えないよう外壁に沿って進んだ。夜の冷気を浴び、あらゆる木やくぼみの黒い影に身震いする。草の露が靴下にまでしみこんだ。

大きく深く息を吸って頭を反らした。

そして月に向かって吠えた。

闇の中で声は寂しく、大きく響いた。獰猛に。少々気味悪く。

完璧だ。

壁沿いにさらに進む。中に戻る前に別の場所であと一、二度吠えて、複数の狼が城を取り囲んでいるように思わせたい。

ふたたび吠えようと息を吸ったとき、葉巻のかすかな芳香が鼻孔をくすぐった。おかしい。どうしてこんな時間に葉巻のにおいが――。

硬く、温かく、間違いなく男性らしきものにぶつかったとき、二度目の咆哮は悲鳴に変わった。バランスを失ってしりもちをつきそうになる。そのとき肘をぎゅっと強く握られた。

いやな予感がして上を向くと、ロード・アーデンの無慈悲な顔があった。

「どうやらここに住みつく狼が捕獲できたようだ」彼は言った。

9

眠りについたと思ったら、セオはすぐにまた目が覚めた。心臓は激しく打ち、肌はじっとり湿り、胃はむかつく。ベッドの下から室内便器を出してきて屈みこみ、嘔吐した。空っぽの胃袋が痙攣する。明るく騒々しい幻が頭にあふれるとベッドにいられなくなり、手足を震わせて一枚ずつ服を着ていった。途中で何枚かを落としながら。

いくら疲れ果てていても、こういうときもう眠れないのは過去の経験からわかっている。だから、葉巻と夜の冷気で少しは心が落ち着くことを願って外へ出た。月は草を銀色に照らし、城壁に薄気味悪く非現実的な光を投げかけている。一本葉巻を吸い終わり、自分を目覚めさせた悪夢について考えまい、色褪せた青い目や別の男の死に際を思い出すまいとしているとき、小枝が踏まれて折れる音が聞こえた。

ぎょっとしたセオはたちまち警戒態勢に入った。脈が激しくなる。本能的に振り返り、身を守るため杖を持ちあげた。だが音の主を見たとき脈拍は静まった。とはいえ驚きに変わりはなかった。

アナベル・ロックハートが城の角を曲がってきてロウソクを吹き消し、手袋をしていない片方の手を石壁につけたまま歩いてくる。

セオは呆然としたまま物陰に身を隠した。彼女は姿を見られたくないらしい。真夜中の魔女の儀式にでも参加するところか？　誰かと会おうとしているのか？　相手はロバートか？　すてきな膝のキャメロンか？

彼女が誰かと密会していると思うと、セオの胸が締めつけられた――なぜか、魔女の儀式という考えには動揺しなかった。こちらのほうがはるかに危険だというのに。彼女がハイランダーや弟と逢引しようがしまいが自分には関係ない、とセオは自らに言い聞かせた――彼女の破廉恥さがジョージーナやエレノアに与える影響を懸念しているだけだ。妹たちは無垢な娘であり、いい結婚ができるかどうかは行儀のいいふるまいができるかどうかにかかっている。

そういうことだ。まさにそういうことなのだ。彼が憤慨しているのは妹たちが心配だからだ。彼がミス・ロックハートの夜中の外出を止めようとするのは、妹たちのためであって、彼自身の感情とは関係ない。彼女が欲望をたたえてセオを見ることはないという思いに落胆しているからではない。こんなふうに胸を締めつけるものは怒りだ……嫉妬などというつまらないものではない。

彼女が頭を反らし、月光に喉を照らされて吠えたとき、セオの全身に鳥肌が立った。一瞬唖然として、やはり最初の想像が正しかったのか、魔女の真夜中の儀式を始めようとしているのかと思った。だが機能停止した頭がまたゆっくり働きはじめたとき、彼女がしていることをはっきりと理解した。

怒り、そして裏切られたという思いが、胸の中で渦巻く。ちくしょうめ。セオは彼女を家から追い出すことに罪の意識を感じていた。自分は公正ではないかもしれないという思いが頭の隅に芽生えていた。幸せに暮らせない場所に彼女を追いやるよりもいい方法を考えるべきかもしれない、と。

そんな罪悪感は一瞬のうちに消え去った。セオはその場にじっとしていた……彼女が歩きつづけたら、まっすぐ彼にぶつかるはずだ。彼女は陰に隠れたセオの姿を見ていない。彼女が歩きながら深く息を吸ったとき、セオは衝撃に身構えた。それを望みそうにもなっていた。

彼女が衝突してきた。そのまましりもちをつかせればよかったのに、セオは思わず彼女の体を支えた。

「ロード・アーデン！」ミス・ロックハートは罪のないふりをした。「こんな夜遅くに外で人に会うなんて思わなかったわ」

「わたしもだ」

「さっきのが聞こえ――」

「アナベル」セオは乱暴に言った。「わたしをばかにするな」

彼女はぴしゃりと口を閉じた。

「きみに同情しかかっていた。きみがこんな愚かなことを試みなかったら、わたしをばかにしようとしなかったら、わたしはきみをここに住まわせておこうと考えたかもしれなかったんだぞ」

アナベルの顔は蒼白となり、目は大きく見開かれた。「嘘よ」

「嘘つきはわたしのほうではない」

彼女の胸は激しく上下した。「ばかにしようとしたんじゃないわ」

「ほう?」彼は怖い顔になった。「悪いが、きみの言うことはなにひとつ信じられない」

「わかってちょうだい――」彼女は声を震わせた。「わたしはずっと、他人の気まぐれに振りまわされて生きてきたの……ここに来るまで。このお城を愛しているわ。あなたには愛せないくらい。あなたが愛したことのないくらい」

そんな言われ方にセオは傷ついた。だが、彼女は間違っていない。彼女はたしかにこの城を愛しており、一方セオは城を愛すべき対象としてではなく、自らの正気を保つために必要なものとして見ている。

愛と必要、どちらのほうが大切かはわからない。セオにわかっているのは、自分はあきらめるつもりがないということだけだ。

「あなたがもともと望んでもいなかった爵位を笠に着て、ここに来て自分の好きなようにできるなんて、正しいことじゃないわ。そんなの――」

「公平ではない?」セオは恐ろしいほど静かに言った。

彼が脚を失ったのは公平か? 魂を失ったのは? セオが生き延びた一方でもっと優秀な人間が死んだのは公平か? 毎晩ほんの二、三時間しか眠れず心の平安を見いだせないことが公平なのか?

「子どもなら人生は公平だと思うだろう。しかしきみはもう、そうでないことを知っているはずだ」

セオのあまりに辛辣な口調に、アナベルはたじろいだ。その辛辣さが彼自身に向けられたものであることを、彼女は知るよしもない。

「よく知っているわ、たいていの人よりも」

たしかに知っているだろう。知っていて当然だ。彼女は求められず、かまってもらえず、利用されてきた孤児なのだ。どんな人間とも同じく愛されるべきでありながら、ほかの子どもたちがありったけの愛を享受しているとき、愛を与えられなかった少女。なにが公平かについて運命の女神がちっとも気にしていないことを、彼女は知っている。だが、彼女に同情したからといってセオの考えは変わらない。

変わるはずがない。

「わたしはきみをどうしたらいいんだ？」

意図せずしてかすれ声で自らが発したその質問を、セオの頭はまったく別の意味合いで考えてしまった。素肌と熱い息と快楽を与え合うことという意味合いで——そもそも、なぜ自分はこれほど彼女の近くに立っているのだ？　あのような背信を行ったアナベルを嫌いになるべきなのに。ふたりのあいだに距離を置くべきなのに。何キロもの距離を。もしかすると、彼女はほんとうに魔女かもしれない——セオが勇気を振り絞って彼女から離れられないのには、自然の法則とは異なる理由があるのかもしれない。

「しかし、きみには感謝したほうがよさそうだ」セオは急いで言葉を継いだ。「きみは意図しないまま、差配人が信用できない人間であることを暴露してくれた」

「ミスター・キャメロンを責めないでちょうだい。彼は嘘をつきたくなかったのに、わたしが頼みこんだの。彼は信用できる人よ。雇いつづけて後悔はしないわ」

セオはきつく彼女をにらみつけた。心の軟弱な部分は、彼女が動揺していることに反応し、いまいましいことに慰めたがっている。たとえ彼女を嫌いになりたくても――彼の一部は実際彼女を嫌っているとしても――別の一部は彼女があのような嘘をついた理由を理解していた。

けれど、同じ過ちを繰り返すつもりはない。「すぐに解雇はしない。だが、彼が信用できるかどうかはわたしが判断する」

アナベルの唇から安堵の息が漏れた。近くに立っているセオには、その温かな空気が自分の唇にあたるのが感じられた。かすかなクローブの香りを嗅ぐことができた。夜の闇の中、彼女の顔の輪郭はぼんやりとしか見えない。色白の皮膚は月光で照らされていても、顔の造作は陰になっていて、そのため幻のように見える。セオの想像が生み出した、奇妙で奔放で腹立たしい生き物のように。

事情が違っていれば、もしかするとセオは……。

いや、仮定の話をするのは無益なことだ。現実はひとつしかないのだから。

「きみの伯母さんについては？　ほんとうに病弱なのか？」アナベルがイアン・キャメロンをそそのかしてセオをだましたのであれば、伯母も彼をだましたことは容易に想像できる。

しかし、そうであってほしくない。到着した瞬間からだまされていたとは思いたくない。

アナベルはもじもじした。「伯母は……もしかすると……見かけほど弱ってはいないかも」

セオはがくんと頭を前に倒した。彼女の髪が額に触れそうになるほど近くに。「ちくしょう」彼はささやいた。「信じられない、そんなに簡単に操られたなんて」

「そういうつもりじゃなかったの」アナベルが手をあげて、やさしく愛撫するかのように冷たい手のひらを頬にあててきたとき、セオは凍りついた。彼の内面はすっかり固まった。彼女はセオを押してどかせるべきだ。なぜそうしようとしない？　それどころか、ふたりは抱き合わんばかりに接近している。互いの腕の中に身を預けんばかりに。月光が彼らに危険な呪文をかけたのかもしれない。「あなたが嫌いだからじゃなかった」

そう言われてもセオの気分は少しもよくならなかった。それなのにセオは、アナベルの目から見れば自分が所有物の権利を主張するほかの貴族となんら変わらないのをわかっていながら、ふたりの唇の距離を詰めたいと思った。花びらのようなピンクの口がどんな味がするのか知りたい。彼女の首と肩のあいだの曲線に顔をうずめて息を吸いながら静寂に耳を澄ませていたい。

そんな軟弱な心を自覚してセオはあとずさり、危険から離れた。

「これからどうするつもり？」アナベルは手をおろし、小声で尋ねた。

「計画は変わらない。きみたちを住まわせる場所について、弁護士からの連絡を待つ。数週間もすれば、きみたちはここを出る」彼女がつらそうに身を縮めたのを、セオは無視した。

「それまでは、きみから目を離さないぞ」

10

ロード・アーデンの言葉に嘘はなかった。アナベルが起きたとき、彼はすでに起きていた。彼はオートミールケーキを食べながら関心なさそうにもごもごと朝の挨拶をしたけれど、アナベルが後ろを向いたときには背中に熱い視線が感じられた。アナベルは彼の顔に手を置いたときの感触を忘れようと努めた。温かく、薄くひげの生えた感触。従者がいないから毎日はひげを剃っていないだろう——でも、そのざらざらした感じは心地よかった。あの瞬間自分がなにを思って彼の顔に触れたのかはわからない。ただ……彼を傷つけたことだけはわかっている。彼は傷ついたことを懸命に隠そうとしていたけれど、やはりアナベルによって傷つけられていたのだ。

アナベルはわざと傷つけたのではない。自分の行動によって彼が傷つこうが傷つくまいが、そもそもどうでもよかったはずだ——彼に出ていってほしかった、それだけではないか？ 立場が逆だったとしたら、彼はアナベルの気持ちを気遣っただろうか？

わからない。

朝の短い散歩に出ると、彼もついてきた。接近はしないとしても、アナベルがなにをしているかわかる程度には近づいている。

アナベルは苛立って声をあげた。「妹さんたちや弟さんは、あなたがわたしにのぼせていると思うわよ！」

彼は叫び返した。「思うわけがない」気にしないでおこうとしたのに、その発言にアナベルの心は痛んだ。

城に戻るとき、アナベルは彼を追い越した。そのまま歩き去るつもりだったけれど、ふと立ち止まって振り返った。「こんなこと、どうせ一日か二日しかつづかないわ」

「努力する」ロード・アーデンは傲慢に言った。

「あなたって、世界一強情で、偉ぶっていて――」

「それが気に入らないなら出ていくんだな」

「お金も、馬車も、住む場所もないのに？」

「わたしたちの荷馬車を使えばいい。路銀も少しなら渡せる。すぐにまともな住まいは見つからないかもしれないが、きみの知謀に富んだ頭脳を活用すれば、なんとかなるはずだ」

「あなたの寛大さには恐れ入るわ」アナベルはわざとのんびり言った。

「自分が寛大だと言ったことはない。きみがどこで暮らそうが、わたしにはどうでもいいのだ、出ていってくれさえするなら」

アナベルは嫌悪に満ちた声をあげ、彼に背を向けて歩いていった。

その日は一日じゅう、ロード・アーデンの敵意など気にしていないというところを見せようと最善の努力をした。ロバートと戯れ、彼の妹たちと笑い合い、伯母とおしゃべりをする。そのあいだじゅうずっと、無視しようとしながらも、背後にいるロード・アーデンの存在を意識していた。彼はまるで亡霊のようにつきまとってアナベルを見つめ、非難し、疑っている。アナベルはべつに彼の信頼を求めているわけではない。彼に信用されようがされまいが、ちっとも気にならない。

さすがに夜中には解放されるだろう。このあとどこかの時点で、彼女がさらになにか企んでいないか確かめようと伯爵がついてくるのを心配することなく、妹と話をせねばならない。

眠ろうと一時間無駄な努力をしたあと、アナベルはガウンをはおり、燭台に立てた一本のロウソクの明かりだけを頼りに図書室までおりていった。

本を選び、読むため二階に戻ろうとしたとき、客間から弱い光が漏れているのが見えた。そっと歩いていって部屋の中をのぞきこむ。

ロード・アーデンがいる。それは驚くべきことでもない。彼は小テーブルにロウソクを置いていて、アナベルがそこに飾ったものを眺めているようだ。まだ夜の装いに身を包んでいるものの、ベストの前は開き、クラヴァットはゆるんでいる。服を脱ぎかけて、そのまま来たように見える。

アナベルがため息をつくと、彼は目をあげた。顔は半分陰に隠れ、半分光があたっている。身を硬くしたが、アナベルを見てすっかり驚いているようでもなかった。

「こんばんは」アナベルは言った。自分たちがロウソクの光だけに照らされて真夜中に会うのがふつうのことであるかのように。「幽閉されたスコットランド女王メアリーの気分よ。こんな遅い時間になっても、あなたはわたしにつきまとうわけ？」

「わたしのほうが先にここに来ていたんだぞ」彼は不機嫌に言った。

「わたしが出てきたらつかまえられるように？」アナベルは挑発した。

ロード・アーデンが答えなかったので、アナベルは彼を見た。真剣に見た。そして、彼の顔が青ざめて汗ばみ、目にはくまができているのがわかった。不本意ながら、アナベルの怒りがやわらいだ。

「セオ？」遠慮がちに言う。彼の名前は驚くほど自然に口から出ていた。アナベルは彼に近づいていった。「眠れなかったの？」

声をかけられて、彼は一瞬の物思いから覚めたようだ。恥ずかしがっているようにも見える。

「いやな思い出？」

セオの身がこわばる。ふたりは束の間、黙って見つめ合った。すべてを包みこむ漆黒の闇夜に、自分たちふたりだけが小さな光の輪の中で生きているかのようだ。奇妙な感じ――外界は永遠の闇にのまれて消え去ったという感じ――がアナベルの心をよぎる。けれど暗い中でも、彼の喉のくぼみは見えていた。ふだんは慎み深く布に覆われている弱い部分、かすかに脈打っている柔らかな部分。自分たちは親密な関係になる一歩手前だと感じられる。あるいは奈落の底に落ちる一歩手前のように。

アナベルは顔を背けたかったけれど、なにかがそれを押しとどめた。

「わたしにどんな思い出があろうと、きみになにか関係あるのか？」

「ないわ。だけど、それについて話したら、少しは気が楽になるかもしれない」

「いいや」セオはすばやく頭を引いた。「楽になるとは思わない」

彼がそう強く信じているようなので、アナベルはなにを言えばいいのかわからなかった。

「馬は好き？」しばらくして、彼女は尋ねた。

セオは当惑して見つめてきた。「なんだって？」

アナベルはひとりの傷病兵に会ったことがある。彼は帰還したあと犬を飼うようになり、愛玩動物の存在によって心がやわらいだと話していた。アナベルに犬はいない——猫のウィロビーはあまり愛らしくないので役に立ちそうにない——けれど、馬ならこのあたりにいくらでもいる。

「乗馬はする？」

「いや、その……しない」

「義足では馬に乗れないの？」アナベルは顔をしかめて彼の膝を見おろした。馬の乗りおりは使用人の手を借りればできるとしても、ひとりで馬を走らせるのは難しいのだろうか？

アナベルは深く考えこんでいたので、目をあげて彼の顔を見るまで、彼が黙りこんだことに気づいていなかった。セオの顔は険しく、怒りにあふれている。アナベルは唾をのみこんだ。

「わたしを話のネタにしたわけか。それはさぞ面白かっただろうな」セオの声は暗く小さい。

アナベルは鼻息を吐いた。「弟さんにあなたの怪我について教えてもらったの。話を聞いただけよ。脚のことであなたをばかにして笑ったわけじゃないし、侮辱するつもりはなかっ

した。

「どうして先代の伯爵に会ったことがなかったの？」彼は自分に関するあらゆることに壁を築いているのか、それとも戦争にかかわる部分だけだろうか、と思いながらアナベルは質問した。

彼は返事をしない。アナベルはため息をついた。レンガの壁にぶつかった気分だ。

「たわ」


セオは小テーブルから、貝殻や石に埋もれるようにして黄色いハリエニシダの花瓶とアザミの花瓶のあいだに置かれていた小型望遠鏡を手に取った。ぼんやりとそれを眺める。「母は貴族でなく医者と結婚した。祖父はそのことで決して母を許さなかったらしい。我々きょうだいは、祖父のことをまったく知らなかった――祖父が伯爵だというのも、最近まで生きていたことすら。母は、自分の両親は死んだと言っていたのだ」

アナベルは首をかしげた。「じゃあ、青天の霹靂《へきれき》だったわけ？」

「そうだな」彼は面白くもなさそうに笑った。

「祖父は二度結婚したが、どちらの妻も男の子を産まずに死んでしまった。叔母の話では、祖父は去年ロンドンにいたそうだ。おそらくは次の妻を探して。

母に代わって世継ぎとなる者をつくるため、祖父はあらゆる努力をしたのだと思う」

「その点では、先代伯爵は運に恵まれなかったのね」アナベルは言った。「だけど彼に同情はしないわ。伯母の話だと、彼は自分の弟がわたしの伯母と結婚したとき激怒したらしいの。伯母は若いころ短期間女優をしていたから。夫に死なれた伯母を彼がこの城に住まわせたのは、慈悲というより罰だったんじゃないかしら」

「それを聞いても驚かないな」

「どの部分？　伯母が女優だったこと？　それとも先代伯爵が人でなしだったこと？」

「どちらもだ」彼が言うと、アナベルは微笑んだ。彼は小型望遠鏡を、きわめて丁寧にもとの場所に戻した。少しのあいだ考えこんだ表情でそれに触れていたあと手を離した。

「小型望遠鏡を見たのは初めてなの？」

セオは薄明かりの中でアナベルを窺うように見た。「これがどうして飾りになるのかを考えていた」

「わたしがそれを好きだから。理由としては、それで充分じゃない？」

「きみの図書室の書棚も客間のテーブルも、明確な使用目的のないものであふれている。非常に乱雑だ」彼の戸惑った口調に、アナベルの口元にまた笑みが浮かんだ。

「それは罪なの？　乱雑なのが？」

「わたしは秩序を好んでいる」

「そうね」アナベルはまだ少し面白がっていた。「あなたはそうなんでしょうね」礼節や厳格な規則。彼が固執するものを、アナベルはまったく必要としていない。たとえ昔は必要だったとしても。セオがなにも言わないので、アナベルはつづけた。「その望遠鏡は、ある日入り江に打ちあげられていたの。ひと目見て魅了されたわ。わたしの前は誰が持っていたのかしら——海賊、私掠船の乗組員、恋人のもとへ帰ろうとしていた船乗り？　帰りつく前に船が沈んでしまったの？」

「そうだろうな。でなければ、岸に打ちあげられることもなかったはずだ」

「想像力のない答えね」あの冷淡な魂にわずかでも気まぐれさがあるとしても、それは奥深くにうずもれている。アナベルはそれを引き出したいという不可解な願望を感じたが、分別ある女性なら誰もがするように、それを抑えこんだ。「でもわたしは、事実がわからないからこそ、それを飾っているのよ。そこには物語がある、わたしが決して知ることのない物語。そう考えると楽しくなってくるの」

セオはアナベルをじっと見つめた。「きみは謎が好きなのか？」

「まあそういうことね。あるいは……」アナベルは考えをまとめようとした。「可能性、といってもいいわ」

彼は口をゆがめた。「可能性には興味がない。それよりは事実を知りたい」

「あなた、息苦しさを感じることはない？」

セオは眉根を寄せてアナベルを見た。「ない。なぜ感じると思うんだ？」

「この世界、この人生には、事実や秩序以外のものもあるのよ。美しさ、希望、そして……愛」そんなことを口にしてしまうとばかみたいに感じたけれど、もう取り消すには手遅れだ。

奇妙だった――アナベルは自分を現実的な女性だと思っていた。ほんとうに現実的だ。それでも心の奥底には、理想主義がどっしりと腰を据えている。

彼が話すまでには一瞬の間があった。口を開いたとき、その皮肉めいた口調の下には別のものがあったけれど、アナベルにはそれがなにかわからなかった。「きみは愛のなにを知っている?」

「残念ながら、あまり多くは知らないわ」アナベルは伯母と妹と姪を熱烈に愛しているけれど、なぜか彼が家族の愛について話しているとは思えなかった。「でも昔から、それはちょっとレモンクリームみたいなものだと思っていたの」

「レモンクリーム?」セオは戸惑って訊き返した。

「初めて味わったときは刺激的だと感じる。いままで知らなかった味だし、酸っぱいと同時に甘いというのは不思議だから。でも食べ慣れるにつれて、味になじんでいく。その味はいろいろな記憶を呼び戻し、刺激的というよりは温かな幸福感をもたらして、毛布にくるまれているみたいな安心を感じさせてくれる」

どうしよう、彼に見つめられて顔がほてるのが感じられる。そんなに……感傷的になるつもりはなかった。この瞬間、アナベルは心に抱く正直な思いを口に出してしまったと感じた――自分が経験できそうにないロマンティックな愛について考えることばかりに時間を費やしてきた独身女としての本音を。

「まあ、そんな感じ」彼女はつぶやいた。

「わたしも愛について多くは知らない」そのあとつづいた気まずい沈黙を、セオは自ら破った。「しかし、レモンクリームは好きだ」

アナベルはにっこり笑ってうつむいた。そのとき突然不安に襲われた。セオはアナベルを安心させようとしてくれている。いままでになかったことだ。そのせいで、彼女はセオを好きになりかけている。けれど彼を好きになるのは間違いだ。「覚えているわ。だったら、あなたはけだものじゃないということね」

「あの詩は燃やしてくれただろうな」

「たぶん」アナベルは曖昧に答えた。「そうじゃないかも。イングランド人《サセナック》が自分にはラビー・バーンズと同じくらいすばらしい詩を書けると思っているときは、その失敗の証拠を残しておくべきだもの」（「サセナック」はスコットランド人がイングランド人を軽蔑して呼ぶときに用いる）

「なんとご親切な」セオは無感情に言った。「だが、ロウランダーにわたしをサセナックと呼んで見くだす権利はあるのか？　エディンバラはイングランドからそう遠くないぞ。実のところ、スコットランド人にしては、きみの話し方はむしろイングランド人のように聞こえる」

アナベルは目を丸くした。「イングランド人みたいな話し方はしないわ」

「する」

彼女ははっと息を吐き、手を動かしておくためだけにテーブルの貝殻を並べ直した。けれど、彼の口調は冗談まじりに聞こえていたので、心から腹を立てることはできなかった。

「つまらない人ね」

ふたりはまた黙りこんだけれど、張り詰めた沈黙というより、むしろ心地よい沈黙だった。そのためアナベルはかえってそわそわしはじめた。自分を監視している人間と一緒に過ごすことを楽しむべきではない。それなのにアナベルの視線はまた彼のほうに向かい、目のくまを見たときには胸に痛みが走った。

彼が最後にひと晩ぐっすり眠ったのは、いつだったのだろう？　こんな不眠状態があまり長くつづくはずはない。いずれ彼の心は崩壊してしまう。

「馬に乗ってみるべきだわ」アナベルの口調には最初意図していた以上の気遣いがこもっていた。「ムーアを駆け抜けるのは最高よ。生きていることを実感できるの」

セオはアナベルを一瞥した。「さっきも言ったが、わたしは馬に乗らない」いままでになかったほど険悪な口調。ふたりのあいだにはまた敵意が戻っていた。見えない壁のように。

自分たちが闇の中でふたりきりになった単なる男と女ではないことを、彼はさっき一瞬忘れていたのだろう。アナベルが忘れていたのと同じように。

「試してみて損はないわ」アナベルは頑固に言い張った。「楽しめるかもしれないでしょう」

セオの顔が険しくなる。「きみが一日じゅう気まぐれなことをしているからといって、わたしも同じことを望んでいることにはならないぞ」

アナベルは心の痛みで小さく身を震わせた。「わたしを気まぐれだと思っているの？」

「そうではないと示すことは、なにも目にしていない」

アナベルは炉棚から離れた。苦悩にさいなまれた彼の目に一瞬弱さがよぎるのを見ていなかったら、彼を罵るといった、あとで悔やむことをしたかもしれない。でもそれを見てしまったので、彼女は憤りを押し殺した。

セオと口論するのは無駄だ。どうせ、彼が単なる男としての頑固さから自説に固執しているだけなのはわかっている。

それに、彼の問題はアナベルと関係がない。彼だってアナベルの問題を気にしてくれたわけではない。

「おやすみなさい、ロード・アーデン」

彼の口がわずかに開き、またぴしゃりと閉じる。

彼の顔に浮かんだ驚きを見て、アナベルは満足を覚えた。彼はアナベルが反論するのを期待していたのか？　アナベルは自分に期待されていることをするのが嫌いであるのを、彼も学ぶべきだ。

そういう意味で、アナベルはたしかに気まぐれだった。

11

眠れぬ一夜のあと、アナベルは決断をくだした。彼をだまそうという試みは失敗した。彼と争っても勝ち目はない。セオはいままでにも増して強い決意で、アナベルやフランセス伯母とのかかわりを完璧に断ち切ろうとするだろう。

だったら愛想よくして彼の機嫌を取ろう、とアナベルはきっぱりと心に決めた。

でも愛想よくしすぎるのもいけない。その場合、彼はアナベルにどんな魂胆があるのかとよけいに疑いを抱くだろう。

セオにアナベルへの好意を抱かせるのだ。アナベルをここにいさせてもいいと思う程度の好意を。たとえそういう考えを彼が気に入らないとしても。例の狼事件の前はそれを検討していたようなことを彼は言っていた――だったら、もう一度検討させることもできるはずだ。

そして、セオがアナベルを信用するようになり、少しでも好きになったなら、アナベルの妹の窮状にも同情してくれるかもしれない。それは理想的な解決法ではない。理想は彼が永遠にこの地を去ることだが、それは実現しそうにないので、現状を少しでもよくする方法を見いださねばならない。フィオーナとメアリーの存在を永久に彼から隠しておくのは不可能だ。

でも、セオを信頼して秘密を打ち明けてもいいかどうかはわからない。いまはまだ。妹と姪を危険にさらしたくない。まずはセオを味方に取りこむ必要がある。彼がアナベルとフランセスをエディンバラに追いやりたがっているのと同じようにフィオーナとメアリーをコリンのもとへ追いやりたがる、ということはないとの確信を持ちたい。

それは簡単なはずだった。アナベルは男性を魅了する能力に完全に欠けているわけではない——少なくとも親しい数人を魅了することはできていた。彼らは、持参金がなく自由な精神を持つ少々風変わりな女性を、妻として求めはしない。それでもアナベルと一緒にいることを楽しみはしていた。

セオが相手だと、もう少し難しいだろう。あまり親しげにしすぎると意図を見抜かれてしまう。綱渡りのようにうまくバランスを取らねばならない。でも幸い、どうすればいいかある程度の見当はついている。

翌朝早く、アナベルは客間で待機した。淹れ立てのコーヒーの芳香が漂う中、城の忘れられた汚れた隅で見つけたナックルボーンズ（ナックルボーンとは羊の趾骨のこと。ナックルボーンズは、球を投げあげ、落ちてきた球をつかむ前にテーブル上の趾骨製の駒を取るゲーム）のセットで遊べるよう、テーブルの端のほうを片づけた。

アーデン伯爵セオ・タウンゼンドには、隠しようのない弱点がある。

彼は負けず嫌いだ。非常に競争心が強い。アナベルが間違っていることを証明するだけのために苦手な詩を書こうとするのは、そういう性質があるからにほかならない。

だから彼に競争相手を与えよう。

それに、競争心をあおることで、彼の目の影を少しでも晴らすことができたなら……それは思いがけない幸運というものだろう。

アナベルはぎこちない手つきで小さな木製の球を投げた。セオが部屋に入ってきたとき、彼女はテーブルに転がった球を手のひらで止めて顔をあげた。灰色の朝の光の中では、彼は親しみやすそうにも見える。顔の険しさが少しばかりやわらいで、ふだんより率直で柔和な感じがする。とはいえアナベルを見たとき彼はかすかに身を硬くしたので、さっきの印象は目の錯覚だったのかもしれない。

「おはよう」アナベルは明るく挨拶した。「このゲームをしたことはある？」

彼の警戒した目つきに、アナベルは笑いそうになった。「子どものころに」

「ああ、よかった。だったら、わたしたちはおあいこね。わたしも最後にしたのはかなり前よ」

「そうなのか？」彼はまだ動こうとしない。「おとなの女性がどうして子どもの遊びをしたがるのか、よくわからないんだが」

アナベルは目を丸くしそうになり、ぎりぎりで思いとどまった。その口調からだけでも、こんなゲームをいかに軽薄かと彼が考えているのがわかる。「たいてい朝のこの時間は乗馬か散歩にいくんだけど、あなたも見てわかるように」――わざとらしく窓の外に目をやる――「雨だから出られないでしょう。わたしの動きを逐一追うつもりだったら、ちょっとは役に立って遊び相手になってちょうだい」

セオは身を硬くした。役に立てというアナベルの発言に気分を害したのは間違いない。

「負けるのが怖いんじゃなければ」アナベルは笑顔で付け加えた。その笑顔は無理につくったものではなかった——自分でも驚くくらい、笑みは自然に浮かび、彼をからかうのを楽しんでいる。

セオは渋い顔になったが、それでもゲームをしようかどうか思案しているようだった。およそ二秒間。その後背を向け、保温のためアナベルが暖炉のそばに置いていたコーヒーポットを取った。コーヒーの注がれる音が聞こえる。

彼女は何度かナックルボーンズをやってみた。ゆっくりと球を投げ、骨を取る。球はつかむ前にテーブルに落ちた。背後には重苦しい静寂が漂っている。

アナベルは唇を噛んだ。「あまりうまくできないわ。このゲームをしたくないということは、きっとあなたはわたし以上に下手なのね」

セオは鼻を鳴らした。

アナベルはふたたび球を投げ、手をさっと下にやった。趾骨はうまくつかめなかった。

「当然かもしれないわね」彼女は気がなさそうに言った。「このゲームには敏捷さが求められるけれど、たいていの人はそこまで敏捷じゃないわ。だけど一度ミスター・キャメロンがするのを見たとき、彼はすごく上手だったのよ」

セオが勢いよくアナベルの横の椅子を引いたので、椅子の脚は床をこすって大きな音をたてた。彼は杖で体重を支えながら座りこんだ。

自分のコーヒーカップを安全なところまで押しやり、おかしな表情でアナベルを見る。あきらめたような、けれど決然とした表情。

「あら、こんなゲームは軽薄すぎてできないんじゃないの？」アナベルは伏せた目から窺うように彼を見あげた。

「一度くらい軽薄なことをしても害にはならないだろう」彼の言葉はアナベルを驚かせた。

「一度だけ？」

「一度、せいぜい二度。しかし三度はだめだ。とんでもない……三度も軽薄なことをするのは」

その発言のあと、場は静まり返った。アナベルは自分の世界の軸が傾いたように感じた。

「いまのは冗談？」声をあげて尋ねる。

セオの顔に苛立ちがよぎった。ほらね。アナベルはほっとした。このほうが似合っているわ。アナベルが見慣れているのはこんな表情だ。「そういうことだ」彼は言った。「わたしだって冗談を言えるんだぞ」

「ほんとうに？」

彼は片方の肩をあげた。「一週間に一回くらいなら」

思わず唇に笑みを浮かべた自分に腹を立て、アナベルはナックルボーンズのセットに目を落とした。セオがちょっとばかげた冗談を言ったからといって、胸をときめかせるべきではない。自分はそんなにも簡単に無責任に男性に惹かれてしまう、若くて世間知らずの娘ではない。もう何年も前から、若くて世間知らずではなくなっている。

でもそれなら、彼にからかわれたことが、どうして大変な危機に感じられるのだろう？

「あなたが先攻でいいわ」アナベルは寛大なところを示した。「二、三度練習したい？」

「練習はいらない」セオはそっけなく答えた。

「賞品を賭けるのもいいわね、ゲームを面白くするために」

てっきり拒絶されると思っていたので、彼が黙って肩をすくめて承諾の意を示したときアナベルは驚いた。

セオは趾骨をテーブルの上にばらばらと放った。そして驚くほど器用に球を投げあげ、テーブルから骨を一個取り、開いた手のひらで球を受け止めた。それをすばやく、てきぱきと、正確に繰り返し、すべての骨を拾いあげた。

二巡目に彼はようやく失敗し、手に握っていた趾骨二個のうち一個を落とした。アナベルに球を渡したが、そのときふたりの指がかすかに触れ合い、アナベルは雷に打たれたようなしびれを感じた。あわてて手を引き、顔を背ける。なぜか、彼をまともに見られない。

セオに見つめられながら、球を投げあげてさっと骨をつかむ。長年このゲームをしていなかったとはいえ、子どものころ後見人に邪魔者扱いされたとき妹とよくやったので、腕が動きを覚えていた。白日夢のように記憶がよみがえる。今回、アナベルは彼に劣らずすばやく手を動かし、失敗することなく骨を一個一個着実に拾っていった。

彼の視線が感じられる。

「わたしをだましたな」

「だました？」アナベルは目を少し大きく見開いた。

「練習のとき、わざと失敗しただろう」

「ああ、あれね。ええ、そのとおりよ」

するとセオは驚いたように唐突に笑いだした。

「あなたにも勝ち目があるかもしれないと思わせたかったから」

「実は勝ち目がないと思っているのか？　なぜ？」

アナベルはそっと肩をすくめた。「判断は留保するわ。とりあえずは」

そのとき彼の目がきらめいた。影を駆逐する光。アナベルは胸の奥で大きな満足感を覚えた。

残念ながら、セオはアナベルの予想以上に上手だった。ゲームのあいだじゅうずっと、ふたりはほぼ五分五分だった。最後と決めた勝負は彼の先攻で、骨を四個とも拾いながら球を受け損ねた。そのためアナベルに勝つ可能性が生まれた。闘争心がかき立てられる。ばかばかしいのはわかっている。どちらが勝とうが関係ない。

それでもアナベルは勝ちたかった。負けず嫌いなのは、セオ・タウンゼンドだけではないようだ。

勝って賞品を手にするつもりで球を握る。ところがそこで致命的な過ちを犯した。球を手から離す瞬間、彼をちらりと見てしまったのだ。彼はかすかに笑っていた。ほんの少し唇を曲げて――切なげな、おずおずとした笑み。以前と同じくアナベルはそれに動揺したけれど、理由は前回とまったく違っていた。それは屈託のない若者の笑みではなかった。後悔を知る男性の笑みだ。できれば取り消したいことをしてしまった人間のもの。見たくないものを見てしまった人間のもの。その笑みは、深い悲しみと、同じくらい強い喜びの可能性を物語っている。

美しい笑みだ。一瞬、アナベルは魅入られた。完璧に魅入られ、うっとりとした。

その刹那、球を見失った。球は思った以上に勢いよく下降してアナベルの頭にあたり、セオのコーヒーの中にポチャンと落ちた。

コーヒーがあふれてテーブルにはね、彼のクラヴァットとベストにしみをつける。

セオはぽかんとしてしみを見おろした。

アナベルは頭をさすった。

セオが声をあげて笑う。頭は痛むものの、アナベルはその声を好きだと思った。好きすぎるくらいに。「それが接戦のときの作戦か？　ゲームをめちゃくちゃにするのが？」

「事故だったのよ」アナベルはすまして言った。

無意識にハンカチを取って彼のほうに身を乗り出し、クラヴァットとベストをぬぐう。だが生地はすでに救いようがなく汚れていた。彼がはっと息を吸うまで、ふだんしない行動に出たことをアナベルは自覚していなかった。

顔をあげると、ふたりの唇はほんの数センチの距離にある。アナベルは凍りついた。

セオは怯えた鹿のように呆然としている。それは少々屈辱的だった。

「きみは失敗を装って、あのタペストリーにコーヒーをかけてだめにしようとしていたのか？」セオは早口で尋ねて、アナベルの注意を彼の唇からそらした。「そうだったとしても、わたしは責めないね」

アナベルはほかに注意を向けるものができたのをありがたく思いつつ、腕を引いて体を後ろに戻した。

問題のタペストリーは大広間にあるのと似ている——これも貴族の狩りを描いたものだ。ただしこちらの絵で追い詰められているのは、咆哮する猪でなく吠える熊だった。

「これのなにが悪いの？」

「かなり残忍だ。ここにあるタペストリーはどれも非常に残忍だ」

「まあ、これがつくられた中世は暗黒時代と呼ばれていたものね。それにはもっともな理由があると思うわ」

「きみはこんなタペストリーが好きなのか？」

「わたしが好きなのは歴史。タペストリーが城とともに存在しているという事実が好きなの。絵の主題についていえば、もっと穏やかなほうがいいと思うわ。狩られる動物は気の毒よ。だけど選ぶ余地はなかったの。見つけたのはこういうのだけだし、古い諺《ことわざ》にもあるでしょう——物乞いは選り好みできぬ、と」アナベルは自嘲するように唇をゆがめた。

彼は黙っていた。奇妙なほど考えこんで、不可解なほど思いにふけって。やがてアナベルは我慢できずに言った。「あなたの番よ」

彼は趾骨をテーブルに放って散らし、一度も失敗せずすべてを拾いあげて球を受け止めて、最終的に勝ちを確かなものにした。

アナベルは負けたことにがっかりしたものの、彼がとても満足そうだったので、長いあいだ落ちこんでいることはできなかった。「勝った賞品はなににするの？」

「ほんとうなら、なにか屈辱的なものにすべきだろうな。わたしのと同じくらいひどい詩を書かせてもいい。しかし、そういう浅ましい思いは控えておこう」

アナベルは軽く鼻息を吐いた。彼はちょっとしたいやみを言わずにはいられないのか？けれど次に彼が口を開いたとき、不本意ながらそんな皮肉めいた冗談を面白がる気持ちはアナベルから消えた。「子ども時代のことを話してくれ」

アナベルの全身がこわばった。詩を書けと言われたほうがよかったくらいだ。「ほんとうにそんなものを聞きたいの？　もっといいものがあるでしょう。それに、わたしに恥をかかせたいんじゃなかったの？」

彼は口元にかすかな笑みを浮かべた。「予想しておくべきだったよ、なにを言ってもきみが反論することは。賞品に文句をつけるのは潔くないぞ」

潔くはないだろう。でもアナベルには、彼がなぜ子ども時代のことを知りたいのか理解できなかった。

「わたしは待っているぞ、ミス・ロックハート」彼は退屈した教師をまねて冗談まじりで言った。

彼はいままでアナベルが見たどんなときよりも楽しげでくつろいでいる。彼が楽しんでくつろいでいるときどうすればいいのか、アナベルにはよくわからない。でも、これはアナベルの努力が実を結びつつある兆候ではある。

ため息をつき、うつむいてテーブルを見ながら話しはじめた。「退屈な話よ。エディンバラで生まれ育った女の子がいた。その子は……幸せだった、と思う。昔のことだから、よく覚えていないんだけど」自分の手の甲に浮いた、複雑な模様を描く青い血管を見つめる。そう、たぶん幸せだったのだろう。「ある日突然、母親が目の前で衰弱しはじめた。気がつけば母親はお墓に入っていた。間もなく父親も、心臓を病んであとを追った。その子は十歳だった」

アナベラはそこで少し口ごもった。三人称で物語を始めてよかった。後半はもっと話しづらい内容になるからだ。いまは両親を恋しがっていない。いや、もし恋しがっているとしても、あまりに長期間なので、心の穴は動かしようもなくアナベルの一部になってしまっている。

「その子は救貧院に送られることも、路頭に迷うこともなかった。その子は……幸運だ、と言われた。親の親戚のあいだをたらい回しされた。その子は……元気がよすぎたらしくて、そういう性質は好ましくないと何度も言われた。だから自分でもそう信じて、元気さはできるかぎり隠すようになった。おとなしくなると、たいていは無視されたけれど、よく仕事を言いつけられもした。それでも住む家はあったし、食べるものもあった。もっと悪い状況になった可能性もあったのに」

アナベルの口から空気が漏れた。小さなため息のように。「そんなとき、ひとりの破廉恥な親戚についての噂が耳に入ってきた。かつて女優をしていた伯母。男の人と愛し合って結婚したのに、相手の家族に認めてもらえなかった。その子はすてきな伯母さんだと思ったけれど、誰もその人の居場所を知らないようだった。皆が知っていたのは、伯母さんはエディンバラのセントアンドリュースクエアに短期間住んでいたけれどいまはもういない、ということだけ。そのときすでに成人していた女の子は、その住所に手紙を出して、伯母がどこへ行ったか知らないか尋ねてみた。すると新しい住人は、リンモア城だと教えてくれた」

アナベルが顔をあげると、セオは予想したように退屈して椅子でぐったりしているのではなく、身を乗り出して聞き入っていた。アナベルはまたうつむいて先をつづけた。フィオーナの存在は話から省いていたけれど、大筋は変わらない。

「その子は少し貯金していた。そのお金で行けるところまで乗合馬車で行き、残りは歩いた。伯母には行くことを知らせなかった。それは……」アナベルは言いよどんだ。「考える時間があったら、伯母はその子が来るのを断るかもしれないと思ったから。だから、ある日いきなり城に現れた。薄汚れた格好で、疲れ果てて。そうしたら……奇跡が起こった。同じ気質を持つ人間に出会えたの。

姪が靴を履かずに外へ出るのが好きなことも、めったにボンネットや手袋を身につけないことも、ちょっと大きすぎる声で笑うことも、馬を速く駆けさせすぎることも、伯母は気にしなかった。単純に姪の存在を喜んだ。姪を働かせはしなかったし、無視もしなかった。伯母は……姪が床を泥だらけにして入ってきた瞬間から、その子を受け入れた」

いま考えても、それは驚きだった。フランセスは即座に躊躇なくアナベルを自分の生活に受け入れてくれた。アナベルはいまなお、こんな暮らしが一瞬のうちに消え失せるのではないかという不安を感じている。いまでもときどき、夜中に目覚めたとき、自分がどの家にいるのかわからないことがある。

「はい、おしまい」

部屋に静寂が広がる。アナベルは、顔をあげてセオと目を合わせるのが怖かった。

「まったく退屈な話だとは思わなかった」彼は言った。

彼の濃い茶色の目を見つめる。でも表情の意味は読み取れない。彼は考えこんでいる。同情している。もしかして怒っている？　あるいは苛立っている？　感情が不可解にまざり合っていて、正しく解釈できているのかどうかアナベルにはわからなかった。

でも、あまり熱心にそれを読み取ろうとはしなかった――セオに身の上話をしたことで、自分がむき出しになった気がする。むき出しになって、胸をえぐられたように、そして自分が望む以上に弱々しくなったように。

アナベルを動揺させるつもりだったとしたら、彼のもくろみは成功していた。

次に彼を見たとき、さっきの表情はすでに消えていた。アナベルの物語について感じたことを、ほんとうは感じたくなかったかのようだ。

「賞品としては、これでご満足？」

彼はうなずいた。

アナベルは、逃げているところを見えないよう気をつけながら、急いで立ちあがった。「カトリオナに、朝食の支度を手伝うと約束していたの。あまり多くの人に給仕するのに慣れていないから」

セオも立ちあがった。ふるまいに関しては正しい礼儀を守ろうとしているようだ。発言に関しては必ずしも礼儀正しくないとしても。「そう遠くないうちに、女中はきみと伯母さんだけに給仕することになる」

彼女たちはそう遠くないうちに別の場所へ行くから、という言葉は語られなかった。

アナベルは苛立ちのため息をこらえた。部屋を出ると、新たな決意に姿勢を正した。

彼は頑固かもしれないけれど、どんな人間も完全に不動ではない。

アナベルが動かしてみせる。

12

その夜、セオは髪を乱して戻ってきた。雨は日中にやんだので、荷馬車で小作人に会いにいき、採石場を調べてきたのだ。アナベルは視線が彼のほうに向かわないようにした。珍しく乱れた格好の彼は意外なほど好感が持てる。髪は額に落ち、頬は少し赤みが差し、服はしわくちゃだ。

着替えの途中に出くわしたかのような、あまりに個人的な場に遭遇した感じがする。

彼がクラヴァットを引っ張ると、アナベルは意に反して喉のくぼみに引きつけられた。

突然喉がからからになり、咳払いをする。

一同が羊肉の夕食を取っているあいだ、セオの弟妹は小作人について尋ねた。

「ゲール語しか話せない家族が何組かいた」彼は答えた。「幸い、ミスター・キャメロンが通訳を務めてくれた」

アナベルはぱっと顔をあげたが、彼と目が合うとすぐにうつむいた。イアンはまだ解雇されていなかったようだ。もしかすると、セオは見かけほど強情ではないのかもしれない。アナベルの胸をなにかがよぎった。希望のような、明るく束の間の感情。これまでの人生で希望がかなえられることはあまりなかった。それでもアナベルは希望に手を伸ばし、すがりついた。

セオがイアン・キャメロンを許すことができるのなら、アナベルをも許してくれるかもしれない。ひょっとすると、すべてはいいほうに解決するかもしれない。

「ミスター・キャメロンは元気かね？」フランセスが弱々しく咳きこみながら尋ねた。

アナベルは顔を赤らめた。セオに嘘がばれたと伯母に伝えるのを忘れていた。またちらりと彼に目をやると、さっきと同じく彼はアナベルを見つめていて、ふたりの目が合った。けれど今回、彼は無感情にアナベルを眺めるのではなく、険しく目を細めた。

アナベルは肩をすくめ、可能なかぎりの最高に明るい笑みを見せた。

彼が息を吐く音が聞こえる。勢いがいいので、それは鼻息にも聞こえた。

「非常に元気です、わたしの見るところ。しかし、あなたはどうなのですか？」セオはフランセスに質問した。「もう一枚ショールはいりませんか？　ミルク酒は？　それで咳がましになるかもしれません」

フランセスは手を振って断った。「大丈夫だよ」

「そうですか？　かつて絶世の美人だったはずの女性が、これほど衰弱してよぼよぼになったのを見ると心が痛みます」

エレノアは息をのんだ。

「セオ兄さん！」ジョージーナは声をあげた。

フランセスはわずかに背筋を伸ばした。「わたしはそんなによぼよぼじゃないよ！」

「でしょうね」セオは冷酷な笑みを浮かべた。「早くも、さっきより元気になりましたね。

あなたの体の具合が悪いのは、わたしの思い過ごしだったようです」

フランセスは目を丸くしてアナベルを見、アナベルは無言の質問にうなずいて肯定した。伯母は急に役割を取りあげられたことに意気消沈したものの、いつものように落胆からはすぐに立ち直った。なまめかしいともいえる表情でセオのほうを見る。「絶世の美人？　ほんとうにそう思うのかい？」

「ぼくの知らないところで、なにかが起こっているような気がするんだけど」ロバートが言う。

カトリオナが新たな料理の皿を持ってきた。セオが話そうと口を開けた瞬間、この世のものとも思えぬ悲鳴が空気を切り裂いた。

カトリオナはよろめいた。「猫のやつ！」手から皿が落ち、大きな音をたてて床に落ちる。

アナベルがテーブルの下を見ると、ウィロビーが目にも留まらぬ速さで駆けていった。プライドは傷ついたようだが、体は無傷らしい。

「あなた、ウィロビーのしっぽを踏んで――」アナベルが言いかける。

そのときなにかが壊れた。最初アナベルにはなにかわからなかったけれど、そのあと目はセオに向かった。彼は顔面蒼白になって震えている。皮膚はじっとり湿り――ロウソクの明かりの下でも、額に汗が浮いているのはわかった――息は荒い。震える手でウィスキーのグラスの残骸をつかんでいる。きつく握りすぎて、グラスが割れてしまったのだ。

彼の手のひらからは血がしたたり落ち、テーブルクロスを赤黒く染めている。

震えているのは手だけではない。体全体だ。

最初に立ちあがったのはアナベルだった。一同が唖然とする中で迅速に動く。なにに追い立てられてそれほど急いで椅子から飛び出したのかはわからない。ただ、その瞬間の彼を見るのが耐えられなかったのだ——戸惑い、混乱し、怯えた彼を。

彼の横まで行く。ゆっくりとつかんだ彼の手は、驚くほど冷たかった。そっと手のひらを上に向け、傷にハンカチを押しあてた。

ほんの一瞬、アナベルは彼が助けを受け入れてくれると思った。ところがセオはアナベルに握られた手を勢いよく引き抜いた。反動でアナベルが後ろによろめく。彼は立ちあがり、ぎらぎらした目でアナベルを見つめた。彼は自分がどこにいるかわかっているのだろうか、とアナベルは心配になった。

「ロード・アーデン」とささやきかける。彼が返事をしなかったので、もう一度呼びかけた。今度はもっと小さな声で。

「わたしは……」彼の声も体と同じく震えている。身を縮め、ぴしゃりと口を閉じた。やがて絶望したように首を横に振り、それ以上ひとことも言わず大股で部屋を出ていった。振り返りもせず。

背後でほかの人たちが心配そうにささやき合うのが聞こえたけれど、アナベルはさっき彼が立っていた場所から視線を引きはがすことができなかった。

胸が張り裂けるほど彼が寂しそうに見えた場所から。

13

セオは真剣に、ここを出て二度と戻らないでおこうかと考えた。だが、ほかに行くところはない。これまでにも、狼狽したこと、あるいは——実のところどう表現していいのかわからないのだが——自分を見失ったことはあった。恐怖を感じたこと、金床に胸を押しつぶされるような不安を覚えたこと。心が自分のものでないような気がしたこと。体が自分のものでないような。だが、そういうところをこれだけ多くの人間に目撃されたのは初めてだった。しかもアナベルにも……なにより、あんなところをアナベルに見られたのがつらい。

眠れぬ夜を過ごしたあと、彼は粉々になった勇気を必死でかき集め、朝食のため客間へ行った。神経はぴりぴりしている。家族にも誰にも会いたくない。それでも会わねばならないのはわかっている。自らの責務からは逃れられないし、まともな人間なら逃れたいとも思わないはずだ。

だが、仕事に没頭していたら、自分がどんな人間か、どんな過去があるかを忘れられるのか。頭の中をめぐる思いをすべて忘れられるのか。錨《いかり》を持たず大海に浮かぶ船のように自由になれるのか。

不吉で重苦しい雲が空低く垂れこめている。アナベルが部屋に入ってきたのは、そんなときだった。彼女はコーヒーを一杯飲み干したあと大麦ケーキを貪るように食べると、すぐに部屋を出た。椅子に腰かけることもなく。

セオは目をぱちくりさせ、一瞬遅れて声をかけた。「どこへ行くんだ?」

アナベルは振り返って入り口から顔をのぞかせた。「乗馬よ」それだけ言ってまた歩きだす。

「乗馬?」セオは訊き返した。アナベルが昨夜のことについてなにか言う、とにかくなにか言葉を発すると思っていたのに、彼女はまたもや予想を裏切っていた。

一瞬ののち、ふたたび彼女の顔が現れた。「ええ、そうよ」どことなく見くだしたような口調。「馬と鞍を使って行うこと」

「乗馬がなにかは知っている」セオはつっけんどんに言い返した。「なぜいま行くんだ? 雨が降りそうだぞ」

アナベルは窓に目をやった。「もつと思うわ」

その無邪気そうな顔を見たとき、セオの胸に疑いが芽生えた。アナベルが無邪気そうだったことはない――ときどきは奔放――間違いなくひねくれている――どうしようもなく魅惑的……いや、そんなふうに考えてはいけない。「一緒に行く」

「どうぞお好きに」

またしてもアナベルは歩きだし、今回はセオに呼びかけられても振り返らなかった。

ちくしょう。セオは、自分が操られているという不愉快な感じがした。しかも、アナベルから目を離さないと明言したくせに乗馬が怖いからと彼女をひとりで行かせたなら自分は情けない弱虫に見えるだろう、という不愉快な感じもする。

いまでも充分弱虫に見えているだろうし、アナベルからそれ以上の弱虫には見られたくない。

　セオは悪態をついてコーヒーカップを乱暴に置き、アナベルを追った。

　厩舎に着いたとき、彼女はすでに馬番の少年の手を借りて馬二頭に鞍をつけていた。セオの馬に。彼女が脚に張りつくブリーチズでなくドレスを着ているのが、せめてもの救いだ。

「わたしの持ち物を勝手に使っているようだな」

　アナベルは肩をすくめた。「わたしたち、家族みたいなものでしょう」

「違う」彼女が挑発しているだけなのはわかっているので、セオは無感情に答えた。先代伯爵の弟の結婚を通じて遠い親戚になった相手を家族だとは思いたくないし、ぜったいにアナベルを家族としては見ていない。

　そう見られないのは困ったことだ――それどころか彼女を異性として意識している。そばにいる時間が長くなればなるほど、その意識は強くなっていくようだ。つまり、アナベルから目を離さないと断言したのは思慮の足りない行為だったわけだ。正直に言うと思慮などまったくしておらず、怒りや苛立ち、裏切られたという思い、ばかにされたという気持ちから、思わず口にしたにすぎない。

　なにが狼だ。ばからしい……スコットランドに狼がいないことはわかっていたのに、それでもだまされるところだった。

　しかし断言したことに変わりはない。自分でまいた種だ。たとえこれが思慮の足りない行為だったとしても、いまはそれに従うしかない——放っておいたら、アナベルはまたセオをだましたり妹たちを堕落させたりしようとするかもしれない。

弁護士がセオの手紙に従って迅速に動いてくれることを願うばかりだ。

「ハイランドポニーのほうがよければ、手に入れることもできるわよ」アナベルが浮かべたのは、控えめと見えることを意図した笑みだったようだ。だがアナベルはなにごとも控えめにすることができないので、挑むような笑みにしか見えなかった。

「いや、いらない。それに、時間がかかりすぎる」

アナベルは眉をあげた。「なにか急ぎの用でも？」

彼女の指摘はもっともだ。セオには一、二時間待てない緊急の用事などない。

アナベルは馬番の少年に馬を押さえさせて乗馬台にのぼり、セオに手を貸してもらうのを待ちもせずひらりと鞍に飛び乗った。彼女が横乗り鞍を使っていないことにセオが気づいたときにはすでに遅く、黄色いドレスの裾がたくしあげられた。ストッキングに包まれた長い脚の曲線に、セオはたちまち魅了された。

腹立たしい、厄介な女だ。

「きみはどうしても行儀よくふるまえないのか？」セオは歯ぎしりをした。

アナベルは彼を見おろした——まるでマリー・アントワネットのようだ——馬にまたがりながら、王妃のごとく尊大にセオを見ている。けれど、目のきらめきはまったく王妃らしくない。いたずらっぽくて、興奮と期待で輝く瞳。純粋でありながら邪悪でもある、不思議な表情。

その表情がまさにアナベルの本質を示していることが、セオにもわかりかけてきた。

彼は努めてアナベルから目をそらした。馬番の少年は栗毛の去勢馬のところへ乗馬台を運んでいる。乗馬台から馬に目を移したとき、セオの腹の底で恐怖が渦巻いた——鞍までは大変な距離がある。とても届きそうにない。試みるだけでも無理だ。

昨夜のことがあったのに、なぜ馬に乗れると思ってしまったのか？　自分はどこまで愚かなのだ？

アナベルが身を乗り出した。「杖を持ってあげましょうか？」

言ったのがほかの人間であれば、セオは侮辱されたと感じただろう。だがアナベルは穏やかにさりげなく言ったので、怒りはまったく起こらなかった。

アナベルに杖を手渡す。そのとたん、ひどく無力になったように感じられた。むき出しになったように。ひ弱になったように。最初は嫌いでたまらなかったものが、いつの間にか手放せないものになっていた。アナベルから杖を奪い返したい。しかしアナベルと馬番の少年はこちらをじっと見ている。自らの威厳を傷つけずに引きさがることはできそうにない。

「手を貸してくれ」セオはぶっきらぼうに少年に声をかけた。

慎重に動いてなんとか乗馬台に乗る。片方の手で少年の手をつかみ、もう片方を馬の背に置いて、鞍まで体を引きあげることができた。

ぎこちなく不器用な動きだった——義足はずっしりと重く感じられ、そのためバランスを崩して落ちそうになった——けれど、ぎりぎりのところで体を安定させられた。まわりを眺めたとき、彼は呆然とした。高い馬の背から世界がどんなふうに見えるか、すっかり忘れていた。自分の手を動かすことによってこの地を支配するという感覚を、すっかり忘れていた。

記憶が頭にあふれるのを待った——あまりにも多くの馬が、人間のような不自然な悲鳴をあげ、殺され、崩れ落ち、自らの血の海の中に倒れるのを目にした記憶。ところが記憶はよみがえらなかった。代わりに安堵がそっと胸に忍びこんだ。彼はいま、自分が馬を走らせているところを想像している。以前はそんなこともできなかったのだ。

「覚悟はいい？」アナベルがそっと声をかけた。

ふたりの視線がぶつかる。彼女の目に見えたものに、セオは思わず顔を背けた。それは哀れみよりも危険なものだった。はるかに危険なもの。思いやり——寛大さ、相手を理解したいという願望。そんなものを見てしまうと、彼女にすべてを打ち明けたくなる。理解してもらいたくなる。

でも、どうして彼女に理解できるだろう？　セオ自身、目撃した恐怖の場面をどう理解し、どう対処していいかわからないというのに。どうしてあのような醜い記憶を、ムーアの野性的な娘に教えたいと思ってしまったのか？

セオはうなずいた——もう一度馬を走らせてみる覚悟はできている。だが、アナベルはまったく異なる質問をしているように感じられた。この瞬間の出来事よりもっと深い意味を持つ、過去や将来をも包含するような質問を。だからセオの答えは偽りだった。ほんとうは覚悟ができていないこと、これからも決して覚悟はできないだろうことを、心の中ではわかっているのだ。

アナベルにつづいて厩舎を出て、灰色の広大な地、雨のにおいがする冷たい空気の中に入っていく。深呼吸をした。少なくともほんの一瞬、楽しめるかもしれないと思った。忘れられるかもしれないと。

ほどなく、義足ではあまり強く馬の腹を押せないことがわかった。また、バランスを失わないよう多少姿勢を調節する必要があった。しばらくのあいだ新しい乗り方を試しながら徐々に速度をあげたり落としたりしているうち、やがて快適に乗れるようになってきた。彼は馬の腹を押し、前方を行くアナベルに追いつくため速足で進むよう合図した。

安堵がセオを包む。想像だけでなく、現実でも馬を走らせられたのだ。この能力は戦争で失っていなかった。奪われていなかった。

「馬には名前があるの？」セオが横に並ぶと、アナベルは尋ねた。

「ロビンとマリアンだ」（マリアンは伝説の英雄ロビン・フッドの恋人の名前）

アナベルは笑った。「まさか、あなたが名づけたんじゃないわよね？」

「ジョージーナだ」彼は苦笑した。「わたしは栗毛と葦毛と呼んでいる」

「まあ、あなたらしい呼び方」

「それはどういう意味だ？」

「少々軽薄なのは、なにも悪くないのよ。そういえば……マリアンはロビンより速く走れるのかしら」アナベルはさりげなく言い、二頭の馬を交互に見た。

「だめだ」セオは警戒して言った。

「だめ？」

「同意したのはきみと一緒に乗馬することであって、競走することでは――」

アナベルはマリアンを膝でつついて合図し、泥道を全速で駆けさせた。取り残されたセオは、風でピンが抜けて彼女の髪が後ろになびくのを唖然として見つめた。あれだけ先行されたらもう追いつけないのではないか、と思いながら。

なのに、彼は追いかけることを考えている。自分は愚か者に違いない。

けれど、アナベルの美しくすっと伸びた背筋、野鳥のごとく後ろを飛ぶ柔らかな髪、原始的なリズムを刻むマリアンの足音……すべてがセオに呼びかける。彼を引きつける。蛾を引き寄せる炎のごとく。

そして彼女が肩越しに振り返って「臆病者！」と楽しそうに叫んだとき、セオはアナベルが駆けだした直後からしたかったことをした。

彼女を追ったのだ。

風が激しく吹きつけ、彼の上着をなびかせ、頭から帽子を飛ばす。前に落ちた帽子がロビンに踏まれても、セオは速度を落とさなかった。馬にまたがったまま身を低くすると、ロビンのたてがみが顔を撫でる。ロビンの脚の運びや自分の心臓のドクドクという鼓動に拍子を合わせて、血が体内を駆けめぐった。

この瞬間、セオは呼吸をするたび、心臓が打つのを感じるたびに、戦争以来感じたことがなかったほど生きていることを強く実感した。どんな戦いのときよりも純粋に。なぜなら、その感情は常に存在する恐怖によって穢されていないからだ。呼吸から次の呼吸までの時間は、死の危険で張り詰めていない。目もくらむような喜びや強い思いで満たされている。生の可能性であふれている。

セオはアナベルに追いつき、一気に追い越した。胸の奥からかすれた笑い声があふれ出る。丘をのぼり、現れた湖を眺めた。水は深く、静かで、灰色をしている。この世のものならぬ美しさに、セオは湖底に住む恐竜の存在を考えずにはいられなかった。

ロビンの歩みをゆるめ、手綱を引いてアナベルと向き合い、大きく笑う。彼を見たとたん、アナベルは驚いたように唇を開いた。

「なんだ?」急にばつが悪くなり、セオの顔から笑みが消えた。「どうした?」

「あなた……」アナベルは口をつぐんだ。彼女の顔でなにかが閉ざされた。「なんでもないわ。帰りましょう」

ふたりは馬を休ませつつ、ゆっくりと歩かせていった。

「乗馬はよくするのか?」気がつけばセオは尋ねていた。

「乗れるときはいつでも。馬を走らせると落ち着くの。心が安らいで、くつろいだ気分になれるのよ」

彼はぱっとアナベルを見た。胸が締めつけられる。どうやら彼女はセオの心を安らがせるため乗馬に誘ったらしい。一瞬、彼は昨夜のことを忘れていた。アナベルも忘れていてくれたらよかったのに。「きみは遠まわしに言おうともしないんだな」

「遠まわしに言う人間を求めているなら、よそを探したほうがいいわ。わたしは率直な女だから」

セオは鼻を鳴らした。怒りにしがみついていようとしたが、そうはできなかった。アナベルはそれ以上、昨夜の話を持ち出そうとはしなかった。それに、アナベルが隣にいて、ロビンが穏やかな足取りで進み、空が重苦しい灰色に染まっているという状況は、なんとなく気持ちがよかった。

嵐が勃発するまでは。

厩舎の手前まで来たとき、急に冷たい雨が降りだした。前がほとんど見えないほどの激しい雨だ。

「もう、なんなの！」アナベルが叫ぶ。風が叩きつけるように吹き、セオは顔をゆがめた。

雨の中には一分もいなかったにもかかわらず、厩舎に入ったときにはふたりともずぶ濡れだった。アナベルは水のしたたる髪を片方の手で撫でつけ、セオを見て苦笑した。

「馬番の少年はいないようだ」ほかになにを言っていいかわからず、セオは言った。口の中で舌がふくれているようだ。

「そうみたいね。わたしたちがこんなに早く帰ると思っていなかったんでしょう。馬をおりるのに手を貸しましょうか？」セオがためらっていると、アナベルはあきれ顔になった。

「助けを求めるのは、少しも悪いことじゃないのよ」

「きみにとって、そう言うのは簡単だろう」セオは言い返した。「助けを必要としているのはきみじゃないからな」

そんなことで文句を言ってもしかたがない。乗馬できるとわかった以上、いずれはひとりで乗りおりできるようになるはずだ。階段ののぼりおりを習得したのと同じように。ただし、それには練習と忍耐が必要となる。

いまは、しかたなくアナベルのほうに手を伸ばした。彼女はすばやく下馬するとロビンの横までやってきた。セオは歯を食いしばって左脚に体重をかけ、義足で馬をまたごうとした。しかし充分高くあげることができず、木の脚が鞍に引っかかった。そのため彼はおりるというよりもアナベルの腕の中に落ち、危うくふたりとも倒れかけた。だが彼女はセオが思っていたよりも力が強く、機敏に彼の腰をつかんで支えた。

抱きしめられるような格好になり、セオの動悸が速くなる。彼の手はアナベルの肩をつかんだ。濡れた服に包まれた肩は、まるで素肌のようだ。彼女に体を押しつけ、抱き寄せたくてたまらない。彼女の体の熱さを求める激しい欲望に動揺し、セオは手をおろした。

恥ずかしさが胸の底からわきあがって顔をほてらせる。アナベルは一歩さがり、毛布で馬二頭の体を拭いて馬房に入れた。セオが勇気を奮い起こしてアナベルのほうを見るのには数秒を要した。

彼女は震えている。セオは束の間、さっき自分たちがあんなに接近したからかと考えてうろたえた。けれどすぐに、彼女は寒がっているのだと気がついた。

城まで歩くのに少なくとも十分はかかるし、この豪雨の中ではまともに歩けそうにもない。いますぐ体を乾かさなかったら、アナベルは病気になるかもしれない。城に戻る以外の選択肢は、どんな状況においても渡るべきでない足場の悪い峡谷のように危険なことに感じられる。だが彼女の健康が脅かされているとき、その選択肢しか手段はない。

彼は逡巡したのち、思いきって言った。「服を脱がなくてはならない」

14

アナベルはすばやくセオに目をやった。きっと聞き間違えたのだ。彼女は厩舎の扉を閉めてかんぬきをかけながら、考えをまとめようとした。

この男性が、アナベルを追い出すまで囚人のように彼女を監視している人であることは、わざわざ自分に思い出させなくてもわかっているはずだ。なのに三十秒もすると忘れてしまい、思い出させる必要が生じる。一緒に乗馬したのはまずかった。彼がロビンを駆けさせたとき欲望を感じてはいけなかった。あのとき彼は喜びで顔を輝かせ、非常に若々しくて活気にあふれ、美しかった。昨夜の夕食のときとはまるで別人だった。

そして、体が接近したとき、脚のあいだの奥深くが疼いてはいけなかった。

アナベルはどちらかといえば気安い男性のほうが好きだ。気安い男性、陽気な男性、不機嫌にふさぎこんだり常に考えこんだりしない男性、笑みが心の秘めた奥底から無理に引き出してきたように見えない男性。いま目の前に立つ男性は、まったく気安くない。

「アナベル」彼はさっきより苛立っている。「わたしたちは服を脱がなくてはならないんだ」

「まあ。わたし……ええっと……その……聞き間違えたのかと思って」話すとき、アナベルの歯は震えてカタカタ鳴った。

セオが顔をしかめる。「きみは冷えきっている。体を温めなくてはならない」

濡れた服が張りついた体のどれくらいが、セオから見えているだろう。スペンサージャケットは上半身を覆っているけれど、その下は無地の黄色いドレスだ。突然襲った羞恥心をあらわにしないよう、アナベルはうつむいた。

いままでは、これほど簡単に恥ずかしがったりしなかった。少なくとも、常に自信にあふれているよう装うことができた。でも、その仮面もはがれつつある。どうしてセオは、アナベルにそんなに強い影響を与えられるのだろう？

「そこの毛布は清潔か？」セオは隅に積まれた濃い色のウールの毛布を指さした。アナベルの混乱した思いにはまったく気づいていないらしい。たぶんそれでよかったのだろう。

「そのはずよ」

セオが手袋を取って上着を脱ぎ、ベストのボタンを外しはじめたとき、アナベルはびっくりして飛びあがりかけた。

「なにをしているの？」小声で言って左右に目を走らせる。といっても、ここにいるのは馬だけだった。

「きみはどうか知らないが、わたしは何週間も寝こみたくない。礼儀を守るためだけに病気になるのはごめんだ」

彼はズボン吊りをおろして薄いローン地のシャツを脱ごうとした。濡れた生地はしがみつく恋人のように彼の皮膚に張りついていて、彼が引っ張るとようやく離れた。いやだ、どうしたらいいの。アナベルは目をぱちくりさせ、厩舎の真ん中でばかみたいに立ち尽くした。

セオ・タウンゼンドの肉体は美しい。

広い肩、筋肉質の上腕、筋張った前腕。くっきりした胸板、引きしまったウエスト。黒い胸毛は平らな腹を通って、ズボンの下にあるものを矢印のように指し示して彼女をからかっている。大柄ではないけれど、しなやかで屈強で優美な体だ。

アナベルの顔は熱くなり、喉は詰まった。背を向けようとしたとき、彼の肩についた白い傷痕が目に入った。アナベルは息をのんで目を細めた。

「それは銃創？」

セオはためらい、傷痕に目をやった。そして肩をすくめた。「銃剣で突かれた痕だ。感染はしなかった。二週間後にはまた戦場に戻れた」

「弟さんや妹さんたちには話していないんでしょう？」アナベルは不意に怒りを覚えた。この意地っ張りな男性はどうして、ほんの一瞬でも、自らをさらし、弱さを見せ、他人に頼ることができないのだろう？　家族に愛されているのがわからないのか？　知り合って間もないアナベルの目にも、その愛は明らかだというのに。

「あいつらは心配するだけだし、心配させてもしかたない。わたしは大丈夫だったんだ」

「大丈夫だったのは傷よ。あなたという人間じゃない。それは同じことじゃないわ」

彼のまつげがぴくぴく動く。セオが目をそらしたとき、アナベルは相手を言い負かした満足感を覚えた。でも彼の言葉を聞いた瞬間、驚愕がそんな気持ちを打ち消した。「後ろを向け。ズボンを脱ぐ」

「脱がなくてもいいでしょう」アナベルの声はやけに甲高かった。

「わたしは……」セオは言いよどんだ。次に口を開いたとき、声はこわばっていた。「義足を濡らしたくない」

まあ。アナベルは横を向いてマリアンに目をやり、ごわごわしたたてがみを撫でつけた。けれど彼女の中のよこしまな部分は非常に好奇心が強く、この機会を逃すことはできなかった。ほんの少しだけ振り返り、目の端でセオを見る。

　彼女は息をのみ、喉を詰まらせかけた。彼はアナベルに背を向けてすべてを脱いでいたのだ。アナベルは義足の木や金属や革をちらりと見たものの、それよりも尻の曲線や太腿のたくましい筋肉にはるかに興味を引かれた。下腹部がざわめき、あわてて目をそらした。

　次にセオが口を利いたとき、彼はウールの毛布で気持ちよさげに体を覆っていた。苛立ったずぶ濡れの男性というよりは、神話に出てきそうな冬の王——茶褐色の髪、濃い色の目、寒さと険しい目つきのため白く見える肌——のようだ。激しく震えたため、アナベルの歯がまたカタカタ鳴った。

　雨は依然として勢いよく屋根を叩いていて、ここから逃げることはできそうにない。

「風邪を引くぞ」セオが抑揚なく言う。

　彼の言うとおりだ。いくら服を脱ぐことにためらいがあっても、自分の健康を犠牲にしてまで礼儀を守るつもりはない。アナベルは現実的な人間だ。彼女はあきらめて長いため息をついた。「じゃあ、あっちを向いてちょうだい」

ところが、背中に手をやってドレスの紐をほどこうとしても、凍えた指は言うことを聞いてくれない。手の感覚がなくなっているため、結び目をつかむことすらできない。

「む……無理だわ」アナベルはつぶやいた。あまりの無力さに苛立ちが募る。「手伝って」

セオは無言で近づいてきた。うなじに熱い息がかかり、アナベルは震えた――今回、それは寒さとまったく関係がなかった。彼がゆっくり、慎重に、非常に丁寧に紐をほどいていくとき、指がアナベルをかすめる。ときどき指の背が濡れたペチコートやシュミーズ越しに触れるのは単に偶発的なことなのか、とアナベルはいぶかしく思った。

気がつけばアナベルは、そういう瞬間を待ち望んでいた。彼女の世界は、そのちょっとした接触に凝縮された。不意に訪れるやさしい手つきを待ち望んで息を殺した。まったく無垢というわけではないが、みだらともいえない愛撫に、いままでこれほど強く影響を受けた覚えはなかった。

「どうしてあんな傷を受けたの？」そう尋ねたのは、知りたかったのと同時に、気をそらすものを必要としたからだ。

「あまり楽しい話ではない」彼がささやいたとき、うなじに熱い息がかかり、彼女を疼かせた。

アナベルははっと息を吐いた。「楽しい話を聞きたいんじゃないわ。真実を知りたいのよ」

「そういう不愉快な話は聞かせたくない。誰にも話したくない」

アナベルは顔を後ろに向け、肩越しに彼と目を合わせた。一瞬彼の顔に思慕のようなものが浮かんだが、すぐに表情は消えて暗くなった。アナベルは彼を慰めたい、彼を助けたいと思った。苦痛を締め出すとともにほかのものもすべて締め出してきた難攻不落の壁を打ち壊したい。でも、彼が生き延びるために壁を必要としているのなら、アナベルにそれを壊す権利はあるのか？

セオ・タウンゼンドはどんなに傷ついているのだろう、そしてアナベルが助けようとしたなら彼はどうするだろう？　アナベルは少女のころ、翼の傷ついた鳥を助けようとしたことがある——その努力への報いは、手を血だらけにされたことだった。鳥は助けを受け入れるのを恐れ、アナベルの手を激しくつついたのだ。

なのに、どうしてアナベルになんの好意も持っていない男性を助けようとするのか？

彼女は絶望のため息をついてドレスから体を抜き、ぐっしょり濡れたペチコートを脱いだ。背後でセオが息をのむ。濡れたシュミーズが張りついた背中に、ほとんど想像の余地は残されていないだろう。彼はいま見ているものを気に入っただろうか。アナベルの疼いている部分は、そうであることを願った。

「コルセットを」アナベルは小声で言った。欲情が火のように血管を駆けめぐっている。いままでも男性に惹かれたことはあるけれど、ここまで強く燃えるような欲望を感じた経験はない。こんなことは初めてだ。

セオの手が止まった。気持ちを引きしめるかのように。そして手はまた戻ってきてコルセットの紐をほどいていった。やがて後ろが完全に開き、アナベルは深く息を吸って胸をふくらませた。

セオはあとずさった。アナベルは最後に残ったシュミーズを脱ぐと、毛布で体を覆った。毛布の山の隅に、使われていない藁俵が積んである。セオは俵の上に腰をおろして雨がやむのを待った。

アナベルは彼の毛布の前が開くかもしれないと思いながら見ていたけれど、開かなかった。筋の通らない失望に見舞われる。そのばかげた失望は、すぐさま頭から押しのけた。

裳裾のように毛布を引きずり、セオの隣に腰をおろす。彼は非常に注意深く、アナベルを見ないようにしていた。アナベルはなにがいちばん彼を悩ませているのかを知りたいと思った――彼が自らを守ることを忘れかけたことか、あるいはアナベルを求めていることか。彼が求めているのはわかっている――アナベルがペチコートを脱いだとき彼が驚いたように息をのんだことで、それは明らかだ。なによりアナベルを悩ませているのは、彼の欲望について自分がどう感じているのかわからないことだった。

自分たちはこれからどうなるのだろう――やはりセオはアナベルを出ていかせたいのか？　こんなことがあったために、よけいに一刻も早く彼女を追い出したがるかもしれない。彼は欲情といった一時的なものに振りまわされるのを楽しむ人間には思えない。

そしてアナベルのほうは？　相手が欲望を感じていないと思えたなら、自らの欲望をもっと簡単に抑えつけられるだろうに。

彼女は毛布をよりきつく体に巻きつけた。「いまいましい雨」ぶつぶつと言う。

セオの視線が感じられる。横を向いたとき、彼がすぐ近くにいることに気づいてはっとした。アナベルがほんの数センチ顔を近づけたなら、ふたりの唇は触れ合うだろう。もちろん顔を近づけるつもりなどない、とアナベルは自らにきっぱりと言った。

「どうしたの？」彼の不思議そうな表情に気づいて、アナベルは尋ねた。

「きみがわたしの弟に、土砂降りの雨に降られるのが好きだというようなことを言っていた記憶があるんだが」

「ああ。あれね」アナベルの顔がほてる。ばかげた戯れの中でロバートに言ったことの半分も覚えていない。「それについては、完璧に正直ではなかったかもしれないわ」

「なぜ？」

アナベルは笑った。「ちょっと戯れていただけだから。戯れているとき、正直にならなくちゃいけない理由はないわ。単なる楽しみのためだもの……時間をつぶす無意味な方法よ」

「知らなかった」

アナベルはあきれて目玉を回しそうになるのを、なんとか思いとどまった。「あなたはそんなばかげたことを見くだしているんでしょうね」

セオは顔を背けた。「見くだしてはいない」ぶっきらぼうに言う。「あまり異性と戯れた経験がないだけだ」

アナベルの胸が苦しくなった。いま初めて、彼がときどき身をこわばらせるのは嫌悪というより気まずさゆえだという可能性に思いいたった。戦場から戻った人が一般人の生活に適応するのは難しいだろうし、彼がもともと社交的でないのは弟から聞いて知っている。

「すごく簡単なことよ」アナベルは軽い口調で言った。「皮肉っぽいことを言ったり、相手を褒めちぎったりすればいいの」

「褒めちぎる？」セオは考えこむようにアナベルを見やった。「たとえば？」

アナベルは彼を見返した。さっきよりはるかに気が軽くなっている。これは無意味なこと、気楽な会話だ。満潮の中に足を踏み入れてすぐに沈んでしまいそうな気分になるものではない。「わたしがあなたと戯れるとしたら、あなたの目や髪や肩幅の広さを褒め称えるわね。比喩も効果的よ」

「例を示してくれ」

彼のわざとらしいほどくつろいだ口調に、アナベルは目を細めた。「あなた、わたしに褒めてほしいだけじゃないの？」

「そうさ」

アナベルは唇を結んで意外な笑いをこらえた。「あなたの肩幅は……」ああ、なんとばかばかしいのだろう。戯れ方は人に教えるものではない。自然に身につくものだ。「雄牛のように広い」それしか思いつかなかった。

セオが渋い顔になる。

「カバかしら？　カバの絵を見たことはある？　すごく大きくて、分厚い皮に覆われていて、灰色をした生き物よ」

自分の肩を眺めて、セオの顔がますます渋くなった。「醜くなった気がするんだが」

今回アナベルは笑いの爆発をこらえられなかった。「ごめんなさい。褒めるより皮肉のほうが得意なのかも」

「わたしはできるぞ」

興味を引かれてアナベルは姿勢を正した。「いいわ。言ってみて」

「きみの瞳は春の葉の緑を思い出させる。それは生や神秘や新たな希望や覚醒など、わたしが長らく失っていたものの色だ」

しばらくのあいだ、アナベルは声を失った。肺からすべての空気が出ていったみたいだ。ようやく声が出るようになると、無理に軽い口調を用いた。「すばらしいわ。どれくらい時間をかけて考えたの？」

「少しも」セオは小声で答えた。「きみに言いたいことがある……最高の褒め言葉とは真実の言葉だ、とわたしは思う」

アナベルの心が熱くなってふくらんだが、直後に不安がわいた。「そんなふうに言うものじゃないわ」なぜか、彼女の声も小さかった。

「わたしと一緒にいたくないからか？　ミスター・〝すてきな膝〟のほうが――」

アナベルの口から笑いが飛び出した。「誰？　もしかしてミスター・キャメロンのこと？」

セオはうなずき、不意に真面目な顔になった。驚くほど真面目に。「あるいは……あるいはわたしの弟のほうがいいのか？」彼の表情は不可解で真剣だったので、アナベルは嘘をつけなかった。だめだ。もうつ。たとえ嘘をつくほうがふたりのためにいいことだとしても、それは不可能だった。

彼女は震える声で言った。「あのふたりは好きよ。でも、あの人たちといるほうがいいとは思わない」

「で、いまわたしたちがしているのは？　これも時間つぶしのための無意味な方法か？」セオはそっと尋ねた。

これがなんなのか、アナベルにはちっともわからない。計画したことではない。求めていたことでもない。それでも、ふたりが出会ってからの一分一分、一時間一時間はこの瞬間に向かって築かれていたように感じられる。「無意味だとは思わないわ」

「それは――」セオは躊躇した。「哀れみか？」彼は呪いのようにその言葉を口にした。

「違う」アナベルは正直に答えた。とはいえ、哀れみだったらよかったのにと思う。哀れみなら怖くない。哀れみなら彼女はそそのかされない。

セオが求めていた答えはそれだけだったようだ。いま、彼はアナベルに、自分の瞳にあるものを見せている――欲望、欲情、思慕。彼は顔を寄せ、うやうやしい手つきでアナベルの頬に手を置いた。やさしい手は焼きごてのように熱い。彼はふたりの距離を縮めて、口――とても熱い口――をアナベルのまだ冷たい唇に押しつけた。

アナベルは魅了された。彼の味――コーヒーと香辛料と温かな男らしい味――に、彼のにおい――雨とベルガモットのにおい――に、彼のすべてに。元兵士たるセオは非常に几帳面な男性で、それはキスにおいても例外ではない。あらゆる場所をくまなく網羅する。探るように、慎重に。この一度の接触を通じてアナベルのすべてを、彼女の魂さえも、知ることができるかのように。

アナベルの胸は詰まり、心臓は激しく打つ。籠に閉じこめられた蝶が逃げようと羽ばたいているかのようだ。頭はくらくらしていて、これが一度の長いキスなのか、短いキスの連続なのかもわからない。小さなため息をつき、長々とつづくキスの至福に身をゆだね、陶酔に溺れる。完璧だ。

そのとき、なにかが変わった。遠慮がちな探索として始まったものが急に熱を帯びて激しくなった。アナベルの顔を包む手の力が強まり、セオの舌が唇に触れてくる。彼女がすぐさま熱烈に応じて口を開くと――熱烈すぎたかもしれないけれど、どうすれば熱烈にならずにいられるのかわからない――舌がアナベルの舌をさっとかすめ、それでキスが終わった。セオが喉の奥からうめき声を出す。アナベルは彼の肩に両手を置いてしがみつき、彼を引き寄せた。

セオの唇は――唇は離れ、アナベルは必死で追いかけた。でも次の瞬間、喉やむき出しの肩の曲線がかすかに触れられるのが感じられた。アナベルが頭を後ろに反らし、セオは素肌にキスを浴びせていく。アナベルは快感を求めた。心から求めた。セオが離れるたびに彼女は息を止め、また唇が戻って新たな領域に進出するたびに息を吐いた。耳の下のくぼみ、脈打って震える喉、肩。セオはそんなところに歯を立て、そして舐めた。

やがてアナベルの吐く息には言葉が伴うようになった。ひとつの言葉が。「セオ」彼の名をうめくように言う。

気がつけば――セオがアナベルを引っ張ったのか、アナベルがセオを引っ張ったのかはわからない――アナベルは彼の膝の上に座っていた。太腿の下には、彼の股間の硬いものがある。アナベルの毛布がゆるんだ。いや、セオに抱きついたとき、すでにゆるんでいたのかもしれない。ふたりともちゃんと服を着ていない状態で、厩舎でこんなキスをするのはあまり賢明でないかもしれない、という思いがぼんやりと浮かぶ。でもここまで感情にのまれているとき、アナベルの頭に考える余地はほとんど残っていない。彼女はセオに体を押しつけた。

ところがセオは少し体を離した。取り残されたアナベルは冷たくなり、胸が痛んだ。「アナベル。きみは……体を覆ったほうがいい」

だが、狂おしいまでの欲望をたたえた目で見つめられたアナベルは、みだらなこと、口にできないようなことをしたくなった。奔放な衝動に駆られて肩を持ちあげ、毛布をずらして乳房のふくらみをあらわにする。

裸体を目にしたとたん、セオはうなりながらまだ彼女の体に置いていた手を離して立ちあがり、ぞんざいに膝から彼女を床に落とした。アナベルは、さっきまで天国にいたのに無神経な神によって地上まで投げ捨てられたみたいに感じた。非常に乱暴に。柔らかな藁が衝撃を吸収してくれたのは幸いだった。そうでなければ、尻全体にあざができただろう。

セオは恐怖の形相で、ぶざまに倒れたアナベルを見おろした。「ああ、しまった。怪我はないか？」

「傷ついたのは尊厳だけ」アナベルはぼそぼそと言い、毛布を胸に押しあてて立ちあがった。濡れた髪から藁を払い落とす。ふたたび彼に目をやり、表情が変わっていないのを見て、思わず笑ってしまった。恥ずかしさと、体から完全に抜けていないおぼろげな快感とで、まだ狼狽していたにもかかわらず。

「大丈夫よ。もっとひどい倒れ方をしたこともあるから」それについて話そうと思えば話せた――ハイランドポニーをつかまえようとして倒れたこと、不案内なムーアを歩いていて一、二度転んだこと。でも、セオがそれを聞きたがっているとは思えない。

セオはアナベルと目を合わせなかった。「申し訳ない。つい調子に乗ってしまった」まさしく深く後悔して自責の念に駆られた人間の見本だった。

「もう、やめてよ」アナベルは不意に苛立ちを覚え、鼻息を荒くした。「あなたは気づかなかったかもしれないけど、わたしからも熱心にキスを返していたのよ。それに、わたしのほうが毛布をおろして体をあらわにしたの。あなたがすべて自分ひとりでしたと決めつけるのは正しくないわ」

束の間の沈黙のあと、セオは言った。「きみほどひねくれた女には会ったことがない」

「ありがとう」

セオは唇をぴくぴくさせたが、次の瞬間には冷静に決然と背筋を伸ばしたので、アナベルの胸は痛んだ。彼が杖を持つ手を見おろしたあとふたたび顔をあげてアナベルを見たとき、その表情から欲望や笑いは跡形もなく消えていた。アナベルがついさっき一緒にいた情熱的な男性が完全に消えてしまったかのようだ。

「誰になんの責任があるとしても、わたしたちはふたりとも、雨や、自分たちが接近していることなどで我を忘れてしまい、不適切にふるまったといえるだろう」まるで本を棒読みしているような話し方。「もちろん、今後はそのようなかかわりは避ける」

痛みがアナベルを貫いた。

〝そのようなかかわり〟？

彼女はあっけにとられてセオを見つめた。ついさっき人生最高のキスを経験した――脈を速め、胸を締めつけ、肌をざわつかせるキス。欲望と無謀さと欲求でアナベルを燃え立たせたキス。なのに彼はそれを、ありふれた日に犯したちょっとした過ちであるかのように無感情に片づけた……足の指をどこかにぶつけたり、紅茶を敷物にこぼしたりしたみたいに。

「わかったわ」アナベルはぎこちなく答えた。そして、とりわけまだ痛みで震えているときには口を閉ざしていられず、つづけて言った。「じゃあ、相手がどんな女でも同じことが起こったのね？　もちろん、あなたを責めることはできないわ――馬や濡れた服のにおい、病気になるかもしれないという危険は、とてもロマンティックだものね。あなたの言うとおりよ。すてきな膝のイアンがここにいたとしても、わたしはすぐさま彼の膝に座ったでしょうね。軽薄なわたしは、相手が誰でも違いなんてわからなかったはずよ」

セオの顔がこわばった。「アナベル、わたしはそんな――」

アナベルは手をあげて制した。「いいのよ。相手があなたでよかったと思っているから。あなたが卑しむべき情熱を抑えられず、ばかげた過ちをこれほど簡単に認められなかったとしたら、いったいどうなっていたかしら？」

「アナベル」

「雨はましになったわね」屋根を打つ雨音は小さくなっている。アナベルは弁解を聞きたくなかった。アナベルの感情を傷つけたという理由でセオになだめてほしくなかった。アナベルは昔から、自分の心はもっと強いと思っていた。相手がセオだと心が弱くなってしまう、という事実は認めたくない。

毛布をきつく体に巻きつけたまま歩き出す。背中に穴があくほどセオが強く見つめる視線が感じられる。雨は穏やかだったが、皮膚にあたると冷たかった。

この乱れに乱れた思いを、寒さが冷やしてくれればいいのだが。セオのことはちっとも理解できない。あんなことを言ったあとで、もうどんな顔で彼に会えばいいのかわからない。

うっかり感情をあらわにしてしまったあとで。

15

セオは間に合わせの客用寝室——むき出しの石壁とむき出しの石の床に囲まれた小部屋——のベッドの端に腰かけていた。ここには、壁を飾る昔の残忍なタペストリーも、テーブルに乱雑に楽しげに置かれたがらくたもない。なぜか、そういう人間くさい乱雑さが懐かしく感じられた。

彼は乾いた服に着替え、義足を外していた。残された脚の部分を見おろす。いや、残されなかった部分を。たまに、太腿の途中までしかない脚を通して、膝やふくらはぎの幻肢痛を感じることがある。だがほかのことを考えようとしても、思いはすぐに厩舎での出来事へと戻っていった。あのとき自制心はどこへ行ってしまったのだろう。アナベルは、彼に我を忘れさせるほど誘惑的な動きをしたわけではない。自分たちは隣り合って座り、話をしていただけだ。しかし、彼の全身に火をつけるにはそれで充分だった。

自分はアナベルに襲いかかったも同然だった。その上、彼女を地面に投げ捨てた。

あれは紳士らしくないふるまいだというだけではない。恥ずべき行為だった。

それに、自分はその前なにを言っていたのか——彼女の瞳は春の葉の緑？　いったいなにを思って口にしたのだろう、それほど歯の浮くような、それほど……正直なことを？　アナベルのまっすぐな視線は、できればセオが闇の中に隠しておきたい多くのことを心の底から引き出していた。

彼はもう少しで、あの傷を負った戦いの話をするところだった。いままで誰にも話したことはない。起きているあいだはいつも、それについて考えないよう努めていた。話したいと思ったことすらなかった。

アナベルに会うまでは。

その事実を自分がどう感じているのかわからない。おそらくは怯えている。アナベルに見つめられただけで、彼はどれだけ多くのことを明かしてしまうのか？　どれだけ多くのおぞましい記憶をよみがえらせてしまうのか？

扉の蝶番がきしんだので、彼は顔をあげた。来たのがアナベルであることを望む気持ちと恐れる気持ちが相半ばしている。

ところが入り口に現れたのは弟だった。当然だ。本心ではもう一度キスしたいと思いながらも今後かかわりは避けると冷淡な発言をしたセオに、アナベルが口を利いてくれるわけがない。

セオは無地のクリーム色のシーツをつかんで脚から下を覆った。「ノックもしないのか？」口調は荒々しい。

「扉は半開きだったよ」ロバートは穏やかに言った。「だけど中からなんの物音もしなかったから、兄さんが大丈夫かどうか確かめたかったんだ」

恥の意識と苛立ちがセオを襲う。

弟妹は懸念をできるかぎり隠している。なんとか兄を問い詰めまいとしている。昨夜の夕食の場での出来事のあとも、彼らはなにも質問しなかった。けれどもセオは彼らの不安をどんどん強く感じるようになっている——彼らがセオをちらっと見たり、じっと見つめたりする視線から。自分たちの暮らしのあらゆる局面に、不安は常に影を落としている。弟や妹が無言で目立たぬように心配している様子に、セオは息苦しくなって喉が詰まりかけることがある。

そのため必然的に、これほど薄情な最低男であることに罪の意識を覚えている。

彼らが気遣ってくれることに腹を立てるべきではない。それがわかっていながら、ときどき腹を立ててしまう。

「ジョージーナとエレノアはどこだ？」セオは話題を変えた。

「エレノアは図書室だよ」ややあって、ロバートは答えた。「ジョージーナは雨がやんだあと、このあたりの探索に出た」

セオは弟をまじまじと見つめた。「探索？　ひとりでか？」

弟がうなずく。

「どうして止めなかった？」セオはあきれて尋ねた。

「ずっと一緒に暮らしていたとしたら、ジョージーナを家の中に閉じこめておくのが簡単じゃないことがわかったはずだよ。それを言うならエレノアだって。ふたりとも、昨日自分たちだけで外出した」

セオは怒りの目を向けた。「なぜ言わなかった?」

「兄さんが喜ぶとわかっていたから、とか?」

セオは首を横に振った。「これは冗談じゃないぞ、ロバート。付き添いもなくムーアをうろついたら、怪我をするかもしれない」

「ふたりとも身を守ることはできるよ」

「ばかを言うな。わたしは家長――」

「兄さんは家を出た」ロバートはぴしゃりと言い、扉のそばに立ったまま兄を見おろした。

彼が少しも近づいていないことに、セオはいま気がついた。

セオは愕然として弟を見つめ、必死に言葉を探した。「土地を相続することになるとは知らなかった。仕事が必要だった。家族みんなのために。それに、国王と祖国に仕えていたんだぞ」

ロバートはようやく部屋に入ってきた。たぶん、もっと近くでわたしを見おろせるようにだ。セオはそう皮肉っぽく考えた。「兄さんは自信のなさをごまかそうとしていたんだよ」

ロバートは語気鋭く言った。「家を出なくてもできる仕事は選べなかったの?」セオはいま初めて、ロバートが兄に対して怒っているのだと気がついた。単に苛立っている程度ではなく、怒りで煮えくり返っている。ずっと前から怒っていたのか?

「いくつかのことについては、兄さんが正しいと思う。ぼくは妹たちをもっとちゃんとしつけるべきだったのかもしれない。とくにジョージーナを。だけど、できるかぎりのことはしたんだ。叔父さんと叔母さんはあいつを甘やかしていたし、ジョージーナが父親代わりとして見ていたのは、ぼくじゃなく兄さんだった」

その非難に戸惑い、セオは目をしばたたかせた。「悪いのはわたしだと?」

「自分の力を証明したいというばかげた願望で家を出たのは、ぼくじゃない。死にかけたのに隠しておけなくなるまで家族に言わなかったのは、ぼくじゃないぞ! ジョージーナやエレノアがどんなときも兄さんのことをどれほど心配していたか、わかっているのか? あのふたりに兄さんの心配をさせておいて、それで正しいことをしたつもり?」

力を証明したいという発言について、セオは反論しなかった。崇高な大義に仕え、叔父と叔母の寛大さに頼る生活から自立するためだ、といくら言い張っても、ロバートの非難に真実が含まれていることは否定できない。たしかに力を示したい気持ちはあった。ロバートのように美男子でも魅力的でもなくとも、なんらかの価値はあると証明したかった。

その過程で誰かの心を傷つけるかもしれないとは考えていなかった。考えるべきだったのに。

「いいや。正しくなかった。しかし、いまとなってはどうしようもない」

だがロバートは容赦しなかった。「手紙に書いてくれればよかったんだ。兄さんからの手紙が途絶えたとき、ぼくたちはみんな恐怖に陥った。そのあと、なんの説明もなくまた突然手紙が届きだした。なにかが起こったのはわかったけど、それがなにかは知らなかった。教えてくれるべきだった」

「そうか?」セオは皮肉たっぷりに言い返した。「さぞ楽しい手紙になっただろうな。〝親愛なる家族へ。今日は珍しく雨だった。いつもと同じく戦いがあった。その話をしてもいいが、おまえたちは悪夢を見るだろうからやめておく。わたしは悪夢を見そうだ。血だらけのところで、わたしの脚は砲弾の破片を受けてちぎれかけたよ。わたしは悲鳴をあげ、腱や細い骨何本かでぶらさがっていた。そうしたら軍医が弓鋸《ゆみのこ》でそれを切り落とした。わたしは悲鳴をあげ、やめるか殺すかしてくれと懇願し、やがて耐えられない痛みのために気絶した。目が覚めて、二度と五体満足な体に戻れないとわかったときには、子どもみたいにわんわん泣いたよ。しかしイングランドでは万事支障なく、天気がいいことを願っている。愛をこめて、脚が不自由になった兄より〟」

セオが話しているあいだにロバートの顔は蒼白になり、口元はこわばった。「ひどいよ、兄さん」そして大股で部屋を出ていった。

今日はセオが人の心を傷つける日らしい。アナベルに対しては意図せずに。ロバートに対しては意図的に。彼は頭を抱えてうなだれた。怒りに我を忘れ、なんの罪もない弟をいじめてしまったことが情けない。

彼は黙ったまま、長いあいだじっと座っていた。

16

「なんてきれいな小さい町なの！」アナベルとエレノアとともに海岸を歩きながら、ジョージーナは感嘆の声をあげた。前方の湾には漁船が点在している。湾岸にはオーバンの町を構成する白漆喰塗りの建物が半円状に並んでいる。

紅茶や砂糖など、すぐに――比較的すぐに――必要なものがあるとき、アナベルはオーバンへ行く。買い物のため町に出かけると告げたとき、彼らは一緒に行くことにした……セオの場合は不承不承に。最初アナベルは、彼がいやがっているのはあのキスのあと彼女とかかわりたくないからだと思った。でもその後、それは間違いだとわかった。

少なくとも完全に正しくはないと。

町に近づくにつれ、セオが身を硬くしていることにアナベルは気づかずにはいられなかった――肩を怒らせ、顎をこわばらせている。彼は荷馬車の前で馬に乗っており、建物や道路に目をやるときの彼の表情をアナベルは見て取った――旅行者のように軽い興味を持って眺めるのではなく、万一なにかが起こったときセオが地理を頭に入れているか否かで彼らの生死が決まるかのように目を凝らしている。

広く開けたムーアにいるときは、もっとくつろいだ様子だった。ムーアでは人が姿を見られず接近することが不可能だからだ。

セオはいつも新たな場所へ行くたびにこんなふうに感じるのだろうか。そう考えると、アナベルの胸が締めつけられた。

アナベルはところどころで地面にひざまずいては貝殻を拾い、子山羊革の靴が石畳を踏む感触を楽しんでいる。

思いは自然と、厩舎で起こったことへと移った。彼もアナベルと同じくらい、あのキスを思い返しているだろうか。それを思って昨夜眠れなかっただろうか。自分の言葉を後悔しているだろうか。

指が手のひらに食いこむほど強くこぶしを握り、苛々と頭を振る。まただ。昨夜と同じく、アナベルの思考は不可解な男性に向けられている。

どうでもいいはずだった。気にならないはずだった。アナベルの自信は、ひとりの男性の意見によってふくらんだり打ち壊されたりする脆弱なものではない。

ところが、相手がある特定の男性の場合、それが通用しないのだ。

「聞こえた？」ジョージーナが尋ねた。

アナベルは後ろめたく感じて目をしばたたかせた。「ごめんなさい。ぼうっとしていたの」なにについて考えていたかをジョージーナやエレノアに言うつもりはまったくない。

ジョージーナは通りの向かい側にある宿屋を指さした。スレート葺きの屋根、白い玄関、小ぶりの上げ下げ窓、煙の立ちのぼる煙突。「セオ兄さんとロバート兄さんはあそこに入っていったのかしら？」

「ああ、ミスター・マクファーソンのところね」アナベルは町に来たとき、宿屋の主人と話すのを楽しみにしている。彼は噂好きの陽気な年配男性で、誰よりも過去の出来事に詳しい。

三人は一台の荷馬車が通り過ぎるのを待ち、まだ掃除されていない馬糞をよけながら通りを走って渡った。宿屋の広い食堂に入ると、肉のあぶり焼きのにおいがした。完全に白髪になった老人だが活動的なため実年齢より若く見えるミスター・マクファーソンは、テーブルについてウィスキーのグラスを手にしたロバートとセオと話をしている。彼らが一杯飲むためここに来たのは正しい選択だった。ミスター・マクファーソンはもてなし好きで、旅行者のために、常にたっぷりの食べ物と、地元の蒸溜所でできたたっぷりのウィスキーを用意している。

いま食堂にいるのは、アナベルとタウンゼンドきょうだいだけだ。

ミスター・マクファーソンは旅行者が読みたいとき読めるよう部屋の隅に小さな本棚を置いている。本はかなり古くてすり切れており、そのため盗まれるほどの値打ちはないとしても、読むには充分耐えられる。エレノアとジョージーナは兄のいるテーブルで足を止めたが、アナベルはミスター・マクファーソンが新しい本を仕入れたかどうか見ようとまっすぐ本棚へ向かった。読書よりは屋外で過ごすほうが好きだけれど、たまによくできた冒険小説を読むのも悪くない。セオを避けているわけではないと自らに言ったものの、その内なる声にあまり説得力はなかった。

本棚の本は目を通したことのあるものばかりだったので、アナベルは数ページ読み直そうと、以前面白く読んだ記憶のある詩集を引き出した。どれくらいのあいだ読んでいたかわからないが、近づいてくる足音が読書に没頭していた彼女を現実に引き戻した。「ミス・ロックハート？」

本をぴしゃりと閉じ、振り向いてセオを見る。彼の目の下にはくまができていた。アナベルと同じく眠れなかったらしい。クラヴァットもほどけかけていて、苛立ちのあまり何度も引っ張ったかのようだ。ふだんは服装に隙がないのに——彼の弱さを示す証拠を目にして、アナベルははっとした。

急に激しくなった鼓動がおさまることを願って、本を胸に押しあてる。「昨日はアナベルと呼んだのに」感情をまじえずに言った。

セオは親指で杖の持ち手の真鍮をなぞっているが、それ以外の体の部分は不動だった。その親指の動きが神経質さを示していることに気づいて、アナベルの気持ちは軟化した。

「アナベル」彼は小声で言った。「わたしは——」

「お願いだから謝罪したいなんて言わないでね。あなたがキスを後悔しているのは、もうわかっているから。そのことを蒸し返す必要はないわ」アナベルは自らの傷ついたプライドがそれに耐えられると思えなかった。

セオはうつむいた。「キスは後悔していない。後悔しているのは、きみを傷つけたことだ」

アナベルは一瞬言葉を失った。「後悔していないの？」

セオは皮肉めかしてふっと息を吐いた。「わたしが楽しんでいたのがわからなかったのか？」

彼の硬くなった股間が太腿に押しつけられたことを思い出したとき、アナベルの顔はほてった。

「それはどうでもいい。あのようなことを繰り返すのは無責任だ。きみに、あるいはどんな女性にも、わたしはなにも与えられない」

セオはきわめて厳粛に重々しく言ったので、彼がそう信じこんでいるのがアナベルにもわかった。「そうとはかぎらないわ」

「どんな花嫁も壊れた夫を望んでいるわけか?」それは自己憐憫ではなく、セオがとっくの昔に受け入れた事実を述べているようだった。

「あなたを見るとき、わたしに見えるのは壊れた男性じゃないわ」アナベルは言った。「ただの男性よ」

それにつづく静寂の中で、アナベルの心臓は痛いほど激しく打った。言いすぎただろうか。彼にのぼせているように聞こえただろうか。のぼせてはいない――セオはいつもと変わらず高圧的で腹立たしい。ただ、彼が自分を描写するのに使った言葉が気に入らないだけだ。アナベルの意見では、人は壊れた人間と健全な人間に二分されるわけではない――それは、人生に訪れるさまざまな変化を表すのに単純すぎる考え方だ。セオは四年間戦争に行って、もともとの性質が極端に強調されて完全な人嫌いに変わった。なぜ彼の中で〝変わった〟ことが〝壊れた〟と同じ意味になるのか、アナベルには理解できない。

「ともかく」アナベルは沈黙を破って早口で言った。「わたしが言ったのは、結婚じゃなくキスのことよ」

「なんだって？」

「さっきあなたは、なにも与えられないと言ったでしょう。わたしがそれを否定したのは、あなたのキスは下手じゃなかったという意味」

セオがアナベルを見つめる。「下手じゃなかった？」

非常に上手だった。でもそれを言う気はない。「まあまあね。練習すればもっと上達するかも」

「変だな。単にまあまあだったにしては、きみはもっとつづけてほしそうな熱心な様子だったが」

「わたしに熱心さがあったとかなかったとか言うのは紳士らしくないわ」

「なかったことはないぞ、アナベル」

またもやアナベルの心臓が激しく打つ。今回は彼の口調の強さ、傲慢さに対して。

「意地悪」セオの唇がゆがんだのを見て、アナベルはほくそえんだ。「だけどまあ、あなたが後悔していなくて、わたしも後悔していないのなら、できない理由はないわね……」

「なにを？」

「練習を」直後にアナベルは衝動的な言葉を悔やんだ。彼はいったいどう思うだろう？　アナベルが必死になっているとか、寂しがっているとか思うのか？　彼が唇を強く押しつけてくることをアナベルがひと晩じゅう考え、愚かにも彼の触れ方をまねて指を自分の肌に沿わせていたと思うだろうか？　彼を求めて疼いていたことを、セオは知るだろうか？

セオは無表情になったものの、目は欲望できらめいている。こんなふうに不本意に相手に引きつけられているのが自分ひとりでないことだけは、アナベルにもわかった。それでも、セオがアナベルの提案を受けるか拒むかはわからない。自分がどちらの結果を望むべきなのかも。

現実的に考えるなら、厩舎でしたことを繰り返すのが悪い理由はいくらでもある。現実的に考えないなら……だったら、その束の間の触れ合いが自分にどう感じさせたかだけに意識を集中させよう――女らしく、官能的で、生気にあふれ、求められていると――非常に強く求められていると。その快感を求め、欲するのはあまりにも簡単だ。

一度あのキスを味わっただけで、アナベルはすでにそんな気分になっている。

セオがなにか言おうと口を開けたとき、アナベルは全身をこわばらせた。断崖の縁に立っているかのように。直後に彼はあわててまた口を閉じた。次の瞬間、アナベルはその理由を知った。

「ふたりで、なにをこそこそしているの？」ジョージーナがすぐ後ろにやってきて、アナベルに大きな声をかけた。

うろたえてアナベルは本を落とした。大きなドサッという音に食堂の全員が振り返って見つめる。ミスター・マクファーソンは目を細めた。きっとアナベルが本を粗末にしたことに戸惑ったのだろう。落ちた本をあわてて拾うアナベルを、ジョージーナはいぶかしげに窺い見た。

「兄さん、顔が赤いわ」ジョージーナはセオに言った。

セオは反射的に手をあげ、自分の頬に触れた。「そんなことはない」

しかし、実際顔の色は濃くなっている。

「あなたもだわ」ジョージーナは次にアナベルのほうを向いた。

「ジョージーナ」セオが苛立たしげに言う。「おまえはどうしても行儀よくふるまえないのか？」

「ふん」妹は鼻を鳴らした。傷ついたというより、むっとしているようだ。「お邪魔だったみたいね」

ジョージーナがエレノアと話すため戻っていくと、入れ替わりにミスター・マクファーソンがやってきた。

心をこめた挨拶を交わしたあと、彼は言った。「どうしてわたしの本を投げ捨てるのかね？気に入らなかったのかな？」

「わたしがデフォーを好きなのは知っているでしょう。単に手から滑り落ちただけよ」それにつづく笑い声は妙に甲高かった。セオと目を合わせないよう、細心の注意を払う。

ミスター・マクファーソンはふたりに顔を寄せた。「最新の噂話を聞いたかね？」

「いいえ」アナベルは興味を引かれて訊いた。「いい話？」

「恐ろしい話だよ」彼は眉根を寄せた――ミスター・マクファーソンは謎めいた雰囲気で話

をするのが好きだ。

「教えてちょうだい」アナベルは調子を合わせた。「もったいぶらないで」

「そうだ」セオが淡々と言う。「気になって倒れてしまいそうだ」

アナベルは彼の胸を肘でつつきたい衝動をこらえた。

「二週間ほど前、ひとりの紳士が田舎屋敷で死んでいるのが発見されたのだよ。胸に銃弾を受けて」

アナベルは息をのんだ。「まあ、怖い」こういうニュースを聞き逃さないためには、もっと頻繁に町へ来たほうがよさそうだ。「犯人に目星はついているの？」

「そこが恐ろしい話なんだよ。奥さんがやったと思われている。逮捕状が出ている」

「そうなの？」

「ああ。法執行吏が来て、押しこみ強盗が入った形跡がないと判明したとき、奥さんはすでに姿を消していた。娘も連れていったそうだ」

アナベルのはらわたがねじれた。単なる偶然の一致だ、と自らに言い聞かせる。「娘？何歳くらいなの？」

「ええっと……四歳か五歳くらいじゃなかったかな」

メアリーは四歳だ。アナベルは苦労して呼吸を平静に保った。「その人の……」ごくりと唾をのむ。「その人の名前は？」

「わたしは人の名前を覚えるのが苦手なんだが、マクなんとかだったと思う」

残念ながら、それではフィオーナが犯人である可能性を除外できない。アナベルは彼の上着をつかんで思い出すまで揺さぶりたい気持ちを抑えこんだ。四歳の娘を持つスコットランド人紳士階級の家族は、フィオーナのところだけではない。

「その紳士の家族はかんかんに怒っているよ。国じゅうを捜しても奥さんを見つけると息巻いている」

「そうなの？」

「ああ」ミスター・マクファーソンは楽しそうに言った。「権力者らしいよ――貴族だそうだ。奥さんを捜すのに人を集めている」

「何人くらい？」アナベルはさりげなく聞こえることを願って尋ねた。まだ偶然という可能性はある。フィオーナがこんなことをアナベルに隠していたとは思えない。「奥さんがどこへ逃げたかはわかっているの？」

「何人かは知らんよ」ミスター・マクファーソンは肩をすくめた。「法執行吏本人からじゃなく、噂で聞いただけだからね。しかしファーガソンじいさんが言うには、奥さんは南へ行ったと思われているらしい。グラスゴーかな？」

「大丈夫か？」セオがそっとアナベルに訊いた。

アナベルはぎょっとした。彼にじっと見つめられていたことを思って不安に駆られる。

「大丈夫。なんともないわ」ふたたびミスター・マクファーソンのほうを向いた。「どうして、奥さんが船に乗って国外に逃げてはいないとわかるの？」

「追っ手は奥さんがまだハイランドにいると思っているはずだ。この近辺の捜索に集中しているからな。奥さんが乗れる可能性のある船はなかったんじゃないかな？」

「ええ、たぶんそうね」アナベルは弱々しく言った。

ミスター・マクファーソンがほかに用事を思い出して離れていくと、セオが体を寄せた。

「アナベル」

「あの……ほら、恐ろしい話でしょう」その発言にセオは不審げな顔をした――アナベルは驚かなかった。知り合ってからのアナベルの行動で、気の弱さを示すものはひとつもなかったのだから。容疑をかけられている女性がフィオーナでありえない理由を考えようとアナベルが激しく頭をめぐらせているのを、セオは知るよしもない。「子どもがかわいそう」彼女は急いで言った。「一生忘れられない怖い場面をその子が見なかったことを願うわ」

セオは納得の表情になった。きっと、この説明はアナベルらしいと思ったのだろう。「子どもが親の罪の報いを受けるのは不公平だ。そうだろう？」

アナベルはうなずいた。「あいにく、人生が公平であることはめったにないわ」そう言ったとき、以前自分たちが交わした会話を思い出した。彼も同じようなことを言っていた。あのとき彼はアナベルが世間知らずではないはずだと咎める言い方をしたけれど、アナベルだって子どもが親の罪の報いを受けることは知っている。そして、どんなにすばらしい人でもどん底に落とされることはある……。こんな状況でなければよかったのに、とアナベルは思った。とりわけセオ・タウンゼンド――自分にはなにもアナベルに与えられるものがないと思いこんでいる高潔な男性——を見たときに。

「ウィスキーはなくなったよ」ロバートが明るく言いながら満面の笑みで歩いてきた。歩みはしっかりしているけれど、彼はどれだけ飲んだのだろうとアナベルは思った。「そんなにふたりでじっと見つめ合うのはやめてくれ。こんな天気のいい日に、緊張が高まりすぎる」

セオは眉をあげた。「わたしの分も残しておいてほしかったな」

「いくらミス・ロックハートがうるわしくても、兄さんが話をするため席を離れたのは間違いだったね。ぼくは、兄さんがウィスキーの権利を放棄したと思ったんだ」そんなことはどうでもいいと言うかのように、両手を打ち合わせる。「じゃ、そろそろ行く？」

「ああ」セオが言うと、アナベルは彼の仏頂面を見て笑いそうになった。「行ったほうがよさそうだな」

部屋を横切るとき、アナベルはばかなことを考えているだけだと自分に言い聞かせた。想像力がたくましすぎるのだ。冷静に考えれば、単なる偶然の一致として片づけられるに違いない。

「ミス・ロックハート？」ミスター・マクファーソンが声をかけた。

「なに？」

「いま名前を思い出したよ。マクケンドリックだ。コリン・マクケンドリック」

アナベルの足がもつれた。セオが肘をつかんで支え、問いかけるようにこちらを見る。アナベルはつくり笑いを浮かべて、単に不器用なために転びかけたと思わせようとした。けれど内面は氷のように冷たくなっている。
その一見無害な言葉によって、アナベルの全世界は崩壊したように感じられた。

17

アナベルは一日じゅうよそよそしかった。ミスター・マクファーソンの宿屋で話してからずっとだ。彼女は無分別な提案を悔やんでいるのではないだろうか――悔やんで当然だ。どれだけ惹かれていようと――そう、自分が理性や分別におかまいなくアナベルに惹かれていることは認めよう――そんなことは間違っている。たとえふたりが自分たちのあいだで明々と燃える欲望に屈したとしても、弁護士から連絡が来ればやはりアナベルはこの地を去ることになる。

そしてやはりセオには彼女に与えられるものがない。

しかし、自分たちが〝練習〟するところを想像するたびに感じる欲望の炎を消すには、論理では不充分だった。

この炎をねじ伏せ、とんでもなく愚かなこと――たとえば彼女の足元にひざまずき、たわわな果物のように自らを捧げること――をするのを防ぐため、セオは散歩に出た。風は上着や髪をなびかせ、雲は割れて水色の空を見せようとしている。

結局彼は厩舎に向かった。ロビンとマリアンの小さないななきや、干し草や馬糞のにおいは心を慰めてくれる。ただし、そういったにおいを嗅いで音を聞くと、雨に濡れた肌、熱くなめらかな唇、アナベルにキスをしてすっかり彼女に溺れたいという恐ろしい願望を思い出さずにはいられない。

厩舎に来たのは間違いだった。

外に出ようとしたとき、なにかの動きが目に留まった。幼い少女が小屋の隅、干し草の山のそばにうずくまっている。セオと目が合うと、少女はぎょっとした。彼から身を隠そうとしていたかのように。

「こんにちは」セオはいぶかしく思いつつ挨拶した。

少女は微笑んだ。「あたし、ここにいちゃいけないの」

「どこにいなくちゃいけないんだい？」

「中」

「お城の中かい？」

少女はうなずいた。「誰にも言わないでくれる？」

使用人の子どもだろうか？　料理人、それとも女中？　どちらとも似ていない。「誰にも言わないよ、一緒にお城まで行ってくれるなら」この子が誰であれ、心配している人がいるだろう。幼い子どもが誰にも付き添われず馬のそばにいるのは安全ではない。

並んで歩きだすと、少女は畏怖の目でセオを見あげた。「おじさん、すごく背が高い」

セオの唇がぴくぴくした。「きみもいずれは背が高くなるよ。少なくとも、わたしよりは大きくなる」

「ほんとに？」少女は驚愕しているようだ。

「もちろんだ。あと何年かはかかるだろうけど」

「何年？」

「どうかな。十年かそこらだ」

「ふうん」少女はがっかりしている。「あたし、まだ四歳なの」

「あっという間に十四歳になるよ」セオは断言した。「そうしたら新たな責任を負うようになって、どうしてそんなに早く成長したかったのかと思うようになる」

少女はきょとんとしている。セオの言うことは四歳児には抽象的すぎたらしい。

「おじさん、なんて名前？」

「セオだ。きみは？」

「メアリー」少女は胸を張った。「昔の女王様のお名前をもらったの！」

「そうなのか」

「おじさんは誰から名前をもらったの？」

「とくに誰も。昔のギリシャ語の名前から来ているんだ――セオドロス」

「ギリシャ語って？」

セオはにやりと笑った。想像もしなかったほど、子どもとともに過ごすのを楽しんでいる。いままで子どもはあまりそばにいなかったし、結婚するつもりはないから自分が将来子どもを持つとも考えられない。「ギリシャ語はギリシャで話している言葉だ。ギリシャというのは国だよ」

「国？」

セオは国をどう説明すればいいのかと思案した。考えてみると、国というのは非常に人為的なものだ。「人は国境を設定する……それは線みたいなもので……そして、ある人々が統治し――」雲の隙間から突然日光が差しこんだので、セオは言葉を切った。日光が上を向いた少女の顔にあたり、暴風雨のあとの草のような緑色をした好奇心旺盛で知的な瞳を照らし出した。

セオの心の中でなにかが崩壊するのが感じられる。なにかが取り返しのつかないほど壊れ、二度ともとに戻せそうにない。

「セオ？」少女が問いかけた。

「メアリー！」同時に誰かが呼びかけた。

女中のカトリオナだ。彼女は赤い顔で駆けてきた。「申し訳ありません、閣下」カトリオナは急いでお辞儀をし、メアリーの手をつかんで連れ去った。セオは呆然とそれを見送った。

「あんなふうに逃げてっちゃだめでしょ」カトリオナは少女にささやきかけている。肩越しにセオをちらりと見たあと、また顔を背けた。

「だけど、新しいお友達ができたんだもん」メアリーは抗議した。

カトリオナの返事はセオの耳に入らなかった。ふたりはかなりの速度で歩いていて、彼女がなにか言ったとしても聞こえなかっただろう。

彼は杖をきつく握った。一瞬じっとたたずんだが、心の中では自分がばらばらになった気分だった。カトリオナを追いかけて答えを求めたい。アナベルのところへ行って、今度こそ真実を話せと迫りたい。アナベルがまだ自ら明かしてくれないこと、セオがどうしても知りたいことを。

アナベルに信頼してほしい。

だが、それは無意味だ。セオはすでに真実を知った。あのような瞳はいままでほかに見たことがなかったし、少女は彼女によく似ている。そう、いま考えてみると、メアリーは驚くほどアナベルそっくりだ。

アナベルをなじりたい。彼女がそんな大きな秘密を隠していたことを思うと胸が痛む。それでも、隠した理由は理解できる。世間は未婚の母親にきびしいのだ。

彼が心配しているのは、この猛烈に高まる激しい怒りだ。アナベルを捨ててひとりで子どもを育てさせた男を見つけたい。いままで何度となく捨てられてきたアナベルを。

男を見つけ出し、八つ裂きにして、心臓に剣を突き立ててやりたい。

18

セオが散歩に出たのを見届けると、アナベルはすぐ妹の部屋に行った。さっきからずっと心臓は激しく打っている――いったい妹にどう言えばいい？　自分たちはどうすればいい？　知らん顔をしても問題が小さくなるわけではない。残念ながら。アナベルは深呼吸をして、そっと扉を叩いた。

フィオーナは扉をわずかに開けて顔をのぞかせ、来たのがアナベルだと確認すると一歩さがって招き入れた。

アナベルはがらんとした部屋に入っていった。「メアリーは？」

「カトリオナと一緒に厨房にいるわ」

アナベルは両手をしっかり握り合わせて壁を見つめた。よかった。メアリーがここにいたら、言うべきことを言えそうにない。

「大丈夫？」フィオーナが背後から尋ねた。

「いいえ」アナベルは声を震わせた。「大丈夫じゃないわ。フィオーナ……あなた、彼を殺したの？」

返事はない。アナベルの胃は沈んだ。振り向くと、妹の顔は真っ青になっていた。

「どうしてわかったの？」

「フィオーナ！　そんなことをどうして隠していたの？　どうしてなの？」

「知っても姉さんがわたしを突き出さないという確信がなかったから……ほかに行くところはないの」

「あなたを突き出すわけないでしょう」それはほんとうだ。妹がなにをしようと、背を向けるつもりはない。けれど、妹に利用された気分だ。自分がばかみたいに思える。

「どうしてわかったの？」フィオーナは再度尋ねた。

「噂になっているからよ」アナベルは金切り声をあげた。「オーバンの宿屋のご主人から聞いたわ。彼の家族があなたを捜しているんですって。コリンの家族は、あなたを逮捕して処罰するよう言い張っているらしいわ。きっと、あなたを絞首刑にしたいのよ」

「だけど、わたしがここにいることは誰も知らない」

「まだね。でも、あの人たちはこのあたりを捜索している」

「ここにいたら安全だって、姉さんは前に言ったじゃない」

「それは、たくさんの人があなたを捜していると知らなかったからよ。あなたがコリンから逃げてきただけだと思った。彼は恥をかかないよう急いであなたを捜すだろうけど、しばらく見つけられなかったらあきらめると思った。けれど彼の家族はあきらめる気がないみたい。いろいろ訊いてまわったら、いずれここだとわかるでしょうね」

フィオーナは両手を揉み合わせた。「だったら、どうしたらいいの？」

「わからない」アナベルはそっと答えた。「どうすればいいのかわからない。まず思ったのはあなたをスコットランドから逃がすことだけど、あの人たちが港を見張っていたらどうする?」

「さっさと逃げればよかった」フィオーナは言った。「逃げて、すぐに船の切符を買えばよかった。だけど、まともに頭が働かなかったの。姉さんのところに来ることしか考えられなかった。怯えていたし、ショックを受けていた。それに、記憶がよみがえりつづけて――よみがえりつづけて――」彼女は口ごもった。

アナベルは妹の手をつかんだ。「大丈夫よ」

「大丈夫じゃない。あの人たちに、わたしをつかまえる機会を与えてしまったんだわ」

フィオーナの手は震えている。「なにがあったの?」アナベルは小声で言った。「どうしてそんなことをしたの?」

フィオーナはベッドの端に腰をおろした。アナベルを見ずに話しはじめる。「コリンは……いい人間じゃなかった。できるかぎり彼を避けるようにしたけれど、メアリーはそれができなかった。ある夜、あの子は彼が不機嫌なときに顔を合わせてしまったの。彼はメアリーを階段から突き落とした」フィオーナの声が割れた。「下手をしたら、あの子は死ぬところだった。彼はわたしの子どもを殺すところだったのよ」

アナベルの胸が締めつけられた。「それで、あなたは……」

「彼が眠るまで待って、胸を撃ったの。そうして逃げてきた」

狂ったような、絶望に駆られたような笑いがアナベルの口から漏れた。

「なにを思ったかわからない。腹が立ったし、怖くもあった。そして……とにかく彼に消えてほしかった。メアリーを守りたかった。二度と、彼がまたあの子を傷つけるんじゃないかと心配したくなかった」

「それで殺意を抱いたのね」アナベルはゆっくりと言った。「誰か、彼が家族を虐待するところを見た人はいる？　彼の性格について進んで証言してくれる人は？　使用人はどう？」

フィオーナはかぶりを振った。「使用人の目があるところでは、彼はぜったいにわたしを殴らなかった。いつも注意して、自分の評判を守るようにしていた。みんなに好かれていたのよ」

同じ状況に置かれたら自分がどうしていたか、アナベルにはわからない——夫が子どもに乱暴を働いたら、同じことをしたのではないだろうか。それでも……陪審員がフィオーナを無罪にしてくれる可能性はあるか？　フィオーナが彼に殴られたとき無我夢中で身を守ろうとしてコリンを撃ったのなら、申し開きできるかもしれない。けれどフィオーナは彼が眠るまで待ってベッドで撃ち殺した……そして逃げた……コリンはみんなから尊敬されていて、誰も彼が家族を虐待するとは思っていない……。

なんと厄介な事態だろう。

責任はアナベルにある。アナベルがコリンの残虐さを見抜いていたなら、こんなことは起こらなかったのだ。ところが実際には、コリンがフィオーナに求愛しはじめたとき、アナベルはそれを受けるようフィオーナに勧めさえした。いい縁組だと思った。彼の正体が見えていなかった。

自らの過ちの重さに息ができなくなり、アナベルはフィオーナの手をさらに強く握った。

妹は泣きだした。アナベルはフィオーナを抱きしめ、妹の頭を自分の胸に引き寄せた。

「ごめんなさい」フィオーナが涙ながらに言った。「ごめんなさい。ここに来るんじゃなかった。でも、ほかにどうしていいかわからなかったの」

「いいのよ」アナベルは慰めた。「あなたは正しいことをしたのよ。わたしが面倒を見てあげる。守ってあげる」

ずっと前に守ってやるべきだった。なのに失敗したのだ。

アナベルが生きているかぎり、誰にもフィオーナに危害を加えさせない。

19

その夜全員が寝室に引っこんだあと間もなく、セオは廊下をそっと歩いた。彼の中のひねくれた部分は、アナベルに出くわすことを望んでいる――彼女は夕食に出てきていなかった。アナベルに会ったら自分がどんな反応を示すかはわからない。だが出くわすことはなかった。

廊下は静かで暗く寂しく、彼の持つ一本のロウソクの揺れる明かりだけに照らされている。アナベルの寝室の前に来て扉の下から光が漏れているのを見たとき、彼はびくりとした。しかし考えてみれば明かりがついているのは当然だ。まだそんなに夜遅くではない。頭では否定していても、裏切り者の心は彼女と会うことを望んでいるのではないか？

彼は長いあいだ扉の前で立ち尽くし、ノックすべきか、階下の部屋に戻って眠ろうとすべきかと逡巡した。どうせ眠れるわけもないのだが。

決断する必要はなかった。扉がわずかに開いて、アナベルが疲れた顔をのぞかせたからだ。驚いてはいない。きっとセオの足音を耳にしたのだ。ということは、彼が迷ってぐずぐずしていたのも知っているに違いない。彼の愚かさがすっかり見抜かれてしまったわけだ。

「入るの？」

セオは迷いながらもアナベルの寝室――まさに入るべきでない場所――に入っていき、後ろ手に扉を閉めた――まさにすべきでないことだ。これでもう葛藤しなくてもいい。結論が出て実行され、自分たちはふたりきりになったのだから。

部屋を見まわす。狭くて、予想どおり乱雑だ。だが彼はそのことになんの苛立ちも感じなかった。洗面台の端に紙が危なっかしげに置かれ、小さなサイドテーブルに色つきガラスの破片が散らばっている光景には、自由奔放な楽しさが感じられる。ガラスは、アナベル以外の人間なら見向きもしない壊れた宝物のかけらだ。

けれど部屋を観察したいと思いながらも、セオの視線はすぐにアナベルに向かうのだった。彼女はガウンをはおっている。片方の肩におろされた編みこんだ髪はいつもよりまとまっている。

髪を乱れたお団子でなくきれいに編みこんでいると、顔の輪郭がより明確になる。非常に珍しい顔立ちだ――広い額、くっきりとした頬骨、唇の薄い大きな口、大きな目。妖精を思わせる容貌。この世のものならぬ美しい妖精ではなく、服に泥をつけ頑固そうに足を踏ん張って立つ地の精。疑うことを知らない人間をダンスに誘って足から血を流すまで踊らせるような精霊。彼女の顔立ちは柔らかいというには鋭すぎ、美しいというには厳格すぎる。

美しいよりもさらに魅力がある――彼女は興味深い。少なくともセオにとっては。何時間でもアナベルを見つめていられる。絵を見るように彼女を観賞し、彼女の秘密をひとつずつ想像していられる。

とはいえ、最大の秘密はすでに知っている。

彼女にそれを告げて答えを迫るのではなく――それが目的だと自分に言い聞かせてきたに

もかかわらず――セオはまったく別のことをしていた。

「練習するという提案はまだ有効か？」

アナベルは唇を開いてそっと息を吸った。「わたしが思ったのは……」

「なんだ？」セオは無意識にアナベルに顔を近づけた。彼女の唇から漏れる息の音を聞きたい。

「あなたは練習など不要だと強く信じこんでいるみたいだったわ」

「しかし相手の女性が練習の必要を感じているなら、わたしはその意見に耳を傾けるべきだろう」

「たしかにそうね」

セオは一歩アナベルに近づいた。

「でも、わたしは完全に正直だったわけじゃないの」

セオの脈が速くなる。「ほう？」

「あなたのキスはとても上手だったわ」

落胆がセオを貫く。

「だけど」アナベルはつづけた。「だからといって、もう一度してはいけないということはないのよ。わたしの第一印象が正しかったかどうか確かめるためにも」

「そうだな」セオは安堵した。「それは理にかなった結論だと思う」

引きさがるとしたらいまだ。けれど彼女の引きつける力はとても強く、セオはもう疲れきっていて、暗い窓の向こうに外の世界が存在すること、いま以外に時間が存在することを、この瞬間だけでも忘れたかった。自分には思い出すべき過去や期待すべき未来などないというふりをしたかった。

いまのセオは元兵士ではない。亡霊に取り憑かれた男でも、傷ついた男でも、家族のため懸命に正気を保とうとしている男でもない。

単なるひとりの男だ。

ふたりがもう少しで触れ合いそうになるところまでセオは前進した。彼女が深呼吸したときガウンが彼の胸をこするのが感じられ、そっと吐き出された息が頬を撫でるのが感じられた。ふたりの体は互いのためにつくられたのだという気がする。アナベルはセオにぴったり合う。脚と脚、胸と胸、互いを求める口と口。

セオは杖を床に落とした。指でアナベルの肘に触れ、撫でおろして指と指を絡ませる。ほっそりした手を自分のほうに引き寄せ、ロウソクの明かりでじっくり眺めた。

「何年も前、ある祭りでロバートとエレノアに誘われて占い師のテントまで一緒に行った。占い師の女はわたしたちの手相を見た」

伏せたまつげの下からセオを見るアナベルの目は真っ黒に見えるほど色濃くなっていた。

「それは軽薄なことに聞こえるわ」

「そうだ、残念ながら」セオは微笑んだ。「だが、ふたりにしつこくせがまれてしまった。弟や妹というのは厄介なものだ」

「それで、あなたの運勢は？」

「占い師が語ったことの大部分は富や冒険についてだった。たぶん、わたしが聞きたかったことを言ったのだと思う。しかし、占い師がこの線を感情線と呼んだのは覚えている」セオは親指でアナベルの感情線をなぞり、彼女が小さく息をのんだのを聞いて喜びを覚えた。頭をおろして手のひらにそっと口づける。

「占い師はあなたの感情線についてどう言ったの？」アナベルは小声で尋ねた。

「覚えていない」セオは悲しげに微笑んだ。「十五歳だったわたしは、富や冒険の部分のほうに興味があった。しかし、きみの感情線はかなり深いね。情熱的ということだ」セオはずいるをしていた――彼女が情熱的なのはすでに知っている。肉体的にだけでなく、ものや人に対しても――元女優の伯母、ラビー・バーンズ、割れた貝殻、不格好なハイランドポニー、城とその周辺の人々、この土地。

セオはうらやましくなった。彼は自分の世界をできるだけ狭くして、最低限必要なもの、世話をして守ることを余儀なくされている人だけに制限しようと努めている。ところがアナベルの場合、セオと同じく国の人里離れた片隅に追いやられていながら、彼女の世界は果てしなく広がっている。

「きみには控えめに愛するという概念がないようだ」セオが言うと、アナベルはびっくりして見つめてきた。「ときには、それは危険な性質となる」

「どうして？」アナベルはささやき声で尋ねた

「愛は残酷だ。思いやりも情けも慈悲もなく、人をとりこにする。単なる人間がなにを求めているかなど気にしない。愛のために人が傷つこうがおかまいなしだ」自分はなにを言っている？　愛のことなど知りもしないのに。知っているのはアナベルがどんな味がするかだけなのに。

アナベルは長いあいだ黙りこんでいた。やがて唇を開いたとき、声は震えていた。「やっぱりあなたは詩人かもしれないわね」

セオはふたたびアナベルを味わった。感情線にキスをする。彼女の軽口への報復として。そして舌で線をなぞり、塩と肌の味を満喫した。

アナベルが身震いすると、セオはその震えを自分の手で感じ取った。ピアノやハープを学ぶように、アナベルを学びたい。どこにどんなふうに触れたら求める反応が得られるかを知りたい――小さなため息、あえぎ、身を震わせる興奮。なにが彼女を喜ばせるかを知り、その喜びを与えたい。

だが、なぜだ？

ここへ来たのは、そんなことのためではない。あの子の話をしにきたのだ。自分はいったいなにをしているのだろう――彼女にこの身を捧げているのか？　〝きみを喜ばせたい。きみに触れたい。わたしを信頼してくれ。

お願いだ。

お願いだ。

お願いだ、わたしを信頼してくれ〟

アナベルがセオを信頼しようとしまいと関係ない。なにも変わりはしない。

それでも、アナベルが去る前に彼女の小さなかけらでいいから与えてほしい。彼女のほうから秘密を明かしてほしい。あの子に関して、なんとかしてアナベルを助けたい。アナベルにこの家を与えることはできないから。そして、セオに与えられる唯一のものをアナベルに与えたい――彼の肉体を。傷ついてはいるが、彼の心ほど深く傷ついてはいないものだから。

「それと、これは生命線だ」セオはかすれた覚束ない声で言った。「とても長い」

その線を親指でなぞり、唇を押しあて、舌で蓋をする。

「占い師はそんなことしないと思うんだけど」アナベルは軽く言ったものの、セオはその声に緊張を聞き取った。自分が彼女に影響を与えられたこと、わずかに触れただけで彼を求めるようにさせられたことがうれしい。

「わたしはひどい占い師だな」彼はアナベルの手首で脈打つ血管を味わった。「しかしこれについてはそんなにひどくないだろう？」

喉がからからに渇いて、アナベルは返事ができなかった。できるのはセオを見つめることだけ。彼はアナベルの手の上に屈みこんでいる。アナベルが王妃で、セオは彼女に命、忠誠心、肉体を捧げているかのように。彼にガウンを肩からずらされたときアナベルはため息をつき、彼の唇が手首や肘の内側に触れるのを感じたとき再度ため息をついた。

セオは、そんなふうに唇で触れられたら敏感に反応することをアナベルが知りもしなかった場所にキスをしている。

彼はアナベルの肩に顔をうずめた。深く息を吸い、無言の歓喜のように吐き出す。そしてシュミーズの襟ぐりに沿ってキスを浴びせ、熱く濡れた跡を残していった。

アナベルは彼の上着をつかんだ。もし彼が離れようとしたら引っ張れるように、自分のほうに引き戻せるように。

セオは離れなかった。アナベルの喉や耳の下のくぼみに吸いついた。シュミーズの上の露出した肌を撫でながら唇をついばんだ。シュミーズを引きおろし、さらに多くの肌を露出させる。やがて乳房があらわになった。夜気にさらされて乳房がこわばる。セオは片方の乳房を手でくるみ、とがった乳首を親指で弾いた。

アナベルは頭をのけぞらせてうめいた。無謀な奔放さ、欲望、欲求を表す声。セオは温かく濡れた口で乳房を吸って先端に舌を絡めた。アナベルの手は彼の豊かな髪に差し入れられた。鋭く心地よい痛みが、乳首からまっすぐ脚のあいだの場所まで駆け抜ける。

セオが彼女を抱き寄せてキスをすると、感じやすくなった乳房が彼のシャツのごわごわの生地にあたってこすれる。まるで甘美な拷問だ。アナベルの好奇心旺盛な手はじっとしていられず、セオのシャツの裾を引き出し、その下に潜りこんだ。彼女の手のひらが硬い腹部を撫で、胸毛に指を絡めると、セオは息をのんだ。

彼女が手を下に向けてズボンの生地越しにでもはっきり見える股間のふくらみを探ろうと

したとき、セオはその手をつかんで止めた。

アナベルは落胆にとらわれ、ふたりのつないだ手を見おろした。「もう終わり？」

「終わってほしいのか？」

彼女は激しく頭を左右に振った――いやよ。そんなことは少しも望んでいない。

セオは微笑んだ。「よかった。ぜひ練習したい別の種類のキスがある。きみが応じてくれるなら」

彼のやさしい愛撫で皮膚がまだしびれているいまこの瞬間、アナベルは彼とともになんでも練習したかった。けれど、別の種類のキスというのがどういう意味かわからない。

セオはシュミーズを引きあげて乳房を隠すと、あとずさってアナベルとともにベッドに倒れこんだ。

彼はずりあがってあおむけになった。「わたしの上に乗るんだ。そしてヘッドボードをつかめ。わたしの頭を挟んで膝立ちになれ」

アナベルはぽかんと口を開いたけれど、体の奥は疼いていた。

「でもそんなことをしたら……」彼にすっかり見られてしまう。彼の言う別の種類のキスの意味が、不意にわかりかけてきた。下腹部が期待で張り詰めながらも、息ができなくなった。

セオは挑むように眉をあげた。「まさか、恐れ知らずのアナベル・ロックハートがこんなことを怖がっているんじゃないだろう？」

その行為は怖くない。自分がそれをひどく望んでいること、彼にそれをしてほしくてたまらないことが怖い。けれどアナベルは好奇心に駆られているとき怖がって逃げる人間ではない。

あおむけになったセオにまたがる。彼に尻をつかまれたときは息をのんだ。セオはアナベルを引き寄せ、自分の顔の上に膝立ちにさせた。アナベルは脚のあいだからしずくが垂れるのを感じ、急に恥ずかしくなった。

ロウソクを吹き消しておけばよかった。シュミーズと広げた脚の下からの眺めに、想像の余地はまったく残されていないだろう。

「アナベル」命令口調。尻にかかる強い圧力。アナベルは前のめりになってヘッドボードをつかみ、自分の体重を支えるためさらに脚を広げた。彼の指がかすかに触れ、愛撫するのが感じられる。「きみはとても美しい。味わわずにはいられない。舌にきみのにおいをつけたい」

彼が見ているものを想像して、アナベルの顔は火がついたように熱くなった。彼に対してそんなに無力な立場に置かれる状態を自分が好きかどうかわからない。彼が愛撫をやめ、彼女の腰を引き寄せてさらに体をさげさせたとき、アナベルは安堵を感じそうになった。

セオの唇が秘めた部分に触れたのを感じたとたん、アナベルは身を震わせてあえいだ。舐められたときは足の力が抜けそうになった。震えながらヘッドボードにしがみついて体を支えた。

「気に入ったか？」セオがささやく。彼の息は熱く皮膚にかかった。

気に入った？　体が百万ものかけらに砕け散りそうだ。〝気に入った〟などではとても言い尽くせない。

「やめたほうがいいか？」

いまやめられたら、アナベルはセオを引っぱたくだろう。「だめ」声はしわがれている。

「やめないで」

彼は唇を開いてキスをしてきた。一度、二度、三度。アナベルは手が痛くなるほど強くヘッドボードを握りしめた。つかまっていなかったら崩れ落ちてしまう。いまのアナベルは、激しい風が吹いたら飛ばされてしまう羽毛のように不安定だ。

「なんだ、これは？」セオは指で秘部をかき分けてささやいた。「なにかを見つけたぞ……面白そうなものを」隠されていたところに彼の舌が押しつけられたとたん、アナベルは大きく背中を反らした。痛いほどの快感が全身を駆け抜ける。「痛かったのか？」セオの息がアナベルの敏感な肉をなだめる。

「ああ」アナベルはほとんどまともに考えられなかった。「そこはすごく敏感なの」

ふたたび彼の舌がそこに触れる。今度はきわめてやさしく。さらにやさしいキスがそれにつづく。アナベルはすすり泣くように深く息を吸った。ヘッドボードをつかむ手は震え、彼の頭をまたいだ脚は小刻みに揺れる。彼の動きはゆっくりでやさしく、慎重だった——少しずつ激しくなる快感の攻撃。セオが勝つつもりでいる攻撃。

激しすぎる。もう耐えられない。なのに彼はさらに攻撃してくる。一本の指を入り口から差し入れてきた。もう一本。アナベルはすっかり広げられ、彼の指のまわりで疼いている。体の内からも外からもセオに触れられている。ありえないほどの猛烈な快感。彼の舌が小さな芽に戻ってきてまたやさしく愛撫する。もう一度。さらに一度。

アナベルは汗びっしょりだった。こめかみの湿り気が感じられる。体がどうしようもなく震えて止められない。口からは奇妙な声が漏れている——うめき、泣き声、小さな悲鳴。彼の上で腰を揺らし、彼の口に自らを押しつける。抑制なく、恥ずかしげもなく。アナベルの動きはどんどん激しくなる。やがてセオは彼女の腰をつかんでじっとさせ、舌を押しつけてきた。

強く舌で押された瞬間、火花があがってアナベルの全身を駆けめぐり、脚のあいだに熱くたまり、乳房をしびれさせ、動悸を速くさせた。押し寄せた快感に完璧にのみこまれて背中を反らす。彼の上で必死に踏ん張りながら、ありえないほど深い快感の井戸に落ちていった。快楽の叫びが空気を切り裂く。

弱々しくヘッドボードを握り、息をあえがせ、懸命に体をまっすぐ保とうとした。なにか言うべきだ。叫びにつづく沈黙を破ってなにか言わないと。でも言葉が見つからない。

セオは最後に一度そっとキスをしたあと指を引き抜いた。

またアナベルの腰をつかみ、引きおろしていく。今度は軽く、なにも要求せず。アナベルは力なく彼の胸に倒れこみ、荒い息を静めようとした。ようやく呼吸がおさまったあとも、セオの胸が上下する動き、規則的な心臓の鼓動を顔で感じてぼうっとしていた。こんなふうに彼の腕に抱かれたまま眠りに落ち、朝まで目覚めずにいたいくらいだ。

その胸の張り裂けそうな思い、こういう行為のあとの親密さが、不活発な手足に突然力を与えた。転がってセオから離れ、天井を見あげる。それでもベッドから出るだけの力は出なかった。「想像もしなかったわ」

セオは笑った。彼も息が切れているようだ。「わたしもだ。きみが快感のきわみに達したとき指のまわりで筋肉が収縮するのが感じられた……見えるようだった」彼は驚嘆しているようだ。アナベルの体が神秘的なからくりで、その体は驚くべきことができるかのように。

なぜかアナベルの顔はさっきより熱くなった。横を向いてセオを見る。きまり悪く感じつつも、彼の言葉に不審を覚えた。「まさか、あなたもこういう経験がなかったとか……」

セオはうなずいた。

「でも、それならどうしてこんなことができたの？」

「男たちはみだらな話をよくする、とくに軍隊では。聞かなければよかったという話を何度も聞き、かなり多くの好色な絵を目にした。童貞かもしれないが、無垢というわけではない」

アナベルは肘をついて上体を起こした。「童貞！」

「それだと都合が悪いのか？」

童貞がこんなことをするのは悪いと言ったら偽善者になる。アナベルは下唇を噛んだ。

「いいえ」力なく答える。

「アナベル」

「あなた、何歳？」

「二十六だ」

「わたしより三つも若いのね」あまりうれしい話ではない。すでに自分を孤独で人恋しがる年増の独身女と感じていなかったとしても、いまそう感じはじめている。

「ほんの三年だ」セオは落ち着いている。

「いままでにも機会はあったでしょう」

「何度かは。しかし……」セオは手で自分の顔をこすった。「ばかみたいに聞こえるだろうな」

「なんなの？」

「両親の影響だ。ふたりは深く愛し合っていた。それは死ぬまで忘れられない。わたしはそういうつながりを望んでいたのだと思う、自覚していなかったとしても」

ではなぜいまその誘惑に屈したのか——少なくとも部分的に——とアナベルは尋ねようとしたが、質問は舌で凍りついた。理由はすでにわかっているではないか？　彼が抑揚なく無感情に言った言葉が思い出される。〝きみに、あるいはどんな女性にも、わたしはなにも与えられない〟

セオも昔は自分が結婚するところを思い描いたかもしれないが、いまはもう考えていない。このこと……いまふたりのあいだに起こったこと……は、必然の運命への降伏だったに違いない。彼は人と愛し合うのをあきらめ、これまで自らに禁じていたことを行おうとしたのだろう。〝練習〟しようとしたとき、たまたま手近にいたのがアナベルだったにすぎない。

涙があふれ、アナベルは急いでまばたきをした。このことを悟って動揺するなんて、とんでもなくばかげている。もともとセオにはなにも要求していなかった。なにも期待していなかった。

そう考えたとき根本的な疑問が浮かんだ――そもそもなぜ動揺しているのか？　いま自分は肉体を高ぶらせてくれる男性の隣に横たわっていながら、二度と得られそうにない機会を無駄にしようとしている。精神を肉体と切り離してこの親密さを楽しみ、好奇心を満たすことはできるはずだ。死ぬまで異性と関係を持たずに過ごすのだとあきらめる前に、情熱に満ちた一夜を過ごすことはできるはずだ。

これだけ長いあいだひとりきりだったのだから、このくらいの恩恵を受けてもいいのではないか？

セオが自分の精神を肉体と切り離すことに苦労していないのなら、アナベルもそうしよう。新たに無謀な決意を固めたアナベルは、彼のズボンの前立てに手を伸ばした。だがセオは彼女がそこを開ける前に手首をつかんだ。「アナベル……きみは大丈夫なのか？」

声が出せるかどうかわからず、アナベルはうなずいた。

「気持ちはよかったか？」

アナベルはもう一度うなずき、笑みを浮かべた。「だから先をつづけるべきだと思うの。いろいろと興味があるのよ、ほら……」前立ての左側を開ける。「あなたを探索したいの、どうしても」

セオがはっと息をのむ音が聞こえる。彼が目の奥に秘めていた欲望が明るく燃えあがるのが見える。だがセオはアナベルをじっと見つめつづけた。「いいのか？」

「処女かもしれないけど、無垢というわけじゃないわ」アナベルは先ほどのセオの言葉をまねた。

セオの顔でなにかが変わった。あおむけになってアナベルを見ていた彼は突然上体を起こした。「たとえきみが処女でなくても、わたしは気にしない。きみを批判しない」厳粛な口調で言う。

「わかったわ」なぜいまさら彼がそんなことを言い出したのか、アナベルにはよくわからなかった。自分たちはすでに一緒にベッドに入り、かなり破廉恥なことをしているというのに。

「わたしを信頼してくれていいんだぞ」

「信頼しているわ」

「そうは思えない」

アナベルは眉根を寄せた。そのとき不意にいやな予感がして、背筋がぞくりとした。「セオ……なにが言いたいの？」

「わたしに隠しごとをしないでくれ」アナベルがたじろぐほどの強い口調。

口の中がからからになり、アナベルは話す前に唇を湿らせねばならなかった。「なにを疑っているのか話してほしいんだけど」

セオは濃い茶色の目でアナベルを凝視したあと、ふっと息を吐いた。「ときどき」口調をやわらげて残念そうに言う。「きみの胸を切り開いて心の中をのぞきたくなる」

その胸の中で、アナベルの心臓は爆発しそうなほど激しく拍動した。

「きみの、絶えず動いている利発で腹立たしい頭の中をのぞきこみたい」

その利発な頭は、彼がなにを言いたいのかと考えて混乱し、困惑している。

「きみの中に手を突っこんで、きみがなにを恐れ、なにを望み、なにを求め、なにを愛しているかを知りたい」

アナベルの呼吸が苦しくなった。セオが、アナベルの思っているようなことを言っているはずがない。「それは、一、二週間もすれば会わなくなる人が抱くには意味のない願望ね」

セオは自嘲するように笑った。「ああ、たしかにな。まったく無意味だ」

彼がベッドから出て屈みこみ、杖を拾うあいだ、アナベルはぼんやりとあらぬほうを見ていた。セオが激しく勢いをつけて扉を閉めると、びくりとして扉を見つめ、自分たちのあいだに起こったのはいったいなんだったのかと考えこんだ。

20

アナベルはまともに眠れなかった。空がピンク色に染まった夜明けに起き出したときも、まだ頭は混乱していた。セオの香りはまだシーツにしみついている。ベルガモットと雨のにおい。強くて男らしい香り。ゆうべの記憶は頭から振り払えない——官能に満ちた禁断の記憶ではなく、そのあとの記憶。

崖っぷちに立って奈落の底を見おろしている気分だ。セオは認めた……いや、ほんとうに認めたのか？　アナベルのすべてを知りたいということを？　それでも彼の願望などどうでもいいことを？

いままで、アナベルに対してそんなことを言った人はいない。彼の言葉は驚くほど率直だった。セオは詩人ではないけれど、彼の言葉は心の底から発せられた正直なもので、アナベルは魅了された。彼がすでにアナベルの中に手を突っこみ、太鼓を叩くように心を操っているという気がする。

そのことにアナベルは怯えた。彼が肉体的な意味以上にアナベルを求めているかもしれないことに怯え、彼がその欲求を否定するかもしれないことに怯えた。彼がアナベルの秘密を嗅ぎつけたかもしれないことに怯え、彼がアナベルの信頼を求めていることに怯えた。

アナベルは長年、自分と伯母以外の人間を完全には信頼してこなかった。

長年、すべてをゆだねて頼れるのは伯母を除けば自分だけだった。

この一度だけでも、他人を信頼したらどんな感じがするだろう？　重荷の一部をセオのたくましい肩に置いたらどんな感じがするだろう？

気がつけば震える足を動かして部屋を出、廊下を歩いていた。アナベルは不安を隠すような人間ではない。その不安がどれほど強いものであっても。

扉がノックされたとき、セオはぎょっとした。彼は目覚めて義足をつけているところだった。気持ちを落ち着けるため少し待ってくれと言う間もなく、アナベルが白いドレスをはためかせて飛びこんできた。セオは義足を落としかけ、脚を隠そうとしたが、アナベルの発言に手を止めた。

「なにも恥ずかしがらなくていいのよ。見たことはあるから」

セオの胃が痛くなった。「いつ見たんだ？」

アナベルは両手を揉み合わせている。セオは、彼女がいまの会話にあまり注意を払っておらずほかのことを考えていると感じた。「厩舎にいたとき、ちらっと見えてしまったの。あなたは美しい人よ……。のぞき見てはいけなかったんでしょうけど、見たのを後悔しているわけでもない。それに、その義足はすばらしい道具よ。わたしの目から隠さなくてもいいわ」

セオの喉が詰まった。どうでもいいと言わんばかりに非常に無頓着に発せられたアナベルの発言は、彼の心をくりぬいてしまいそうだ。アナベルはまったく意図せずしてセオの世界を引っくり返したように感じられる。

アナベルは顔を赤らめ、首を横に振った。「でも、その話をしにきたんじゃないの」

セオは顔をあげた。アナベルは部屋に入ったところで淡い光を浴びて立っている。彼は思いを頭から追い払おうとした。急速に集積しつつある欲情を下腹部から追い払おうとした。

昨夜の出来事――あれを過ちと呼ぶつもりはない、彼が心から望んでいたことだから。だがもう一度していいことだとも思われない。

一夜明けてみると、すべてが違って感じられる。夜、欲望のとりこになっていたとき、セオは自分がふつうの男であるふりができた。しかし朝の光が広がったとき、その明るさは無情で容赦なく、ありのままのセオの姿を照らし出した。心に築いた壁を取り払うのが怖い。壁なしで生きていけるとは思えない。彼を目覚めさせる悪夢は日ごとに悪化している。あまりにも頻繁に極度の緊張にさらされるようになってきた。どれだけ時間がたっても彼は癒やされない。恐怖から距離を置いても心の傷は回復しない。

そしてほかの誰よりもアナベルと一緒にいるとき、必死で身につけた自制心がずり落ちようとしていると感じてしまう。それは危険だ。もしもセオが自制心を失い、感情が手に負えなくなったら、いったいどうなるのか見当もつかない。

自分はアナベルにふさわしい夫になれない。だが愛人になってくれと頼むこともできない――彼女はこれまでの人生で何度となく、目立たずおとなしくしていることを強いられてきた。セオは彼女にそんなことを求めたくない。

とすれば、自分たちに未来は……ない。あるのは現在だけ。長つづきするはずのない、中途半端な関係だけ。

それすら、セオにはもったいなく思える。

あまりに長時間黙りこんでいたことに気づいて、セオは咳払いをした。あまりに長時間アナベルを見つめていたことに気づいて。「では、なんの話だ？」

「もしも秘密を打ち明けたら、誰にも言わないと約束してくれる？」

「約束する」セオの心臓は激しく打っている。こんなにも彼女の信頼を求めるのは偽善だけれど、それでも信頼を求めている。

「それについてなにもしないと約束してくれる？　わたしがいいと言わないかぎり」

セオは当惑した。アナベルはなにを心配している？　子どものことを話したらセオに追い出されるとでも？　彼はすでに、アナベルと伯母の住むところを見つけると断言している――メアリーの存在でそれが変わるはずはない。もしかすると、アナベルはセオがメアリーの父親に危害を加えようとすると思っているのかもしれない。たしかにそれは魅力的な考えだ。「約束する」

アナベルはうなずき、深く震える息を吸った。「妹の名前はフィオーナ・マクケンドリックよ」

セオはぽかんとしてアナベルを見つめた。それになにか意味があるのか？　「妹がいることは話してくれなかったな」

「いるのよ。妹は人目を忍んでここに住んでいるの。四歳の娘、メアリーと」

セオはわけがわからなかった。「メアリーはきみの子じゃないのか？」思わず口が滑った。彼女がどこかの遊び人に捨てられたのではないことへの安堵と、苛立たしいほどの混乱とがまじり合う。

「わたしの？」アナベルはまじまじとセオを見つめた。「メアリーに会ったの？　ゆうべ話していたのは、そのことなの？」

彼女の声は甲高くなっている。この状況にどう対処すればいいかわからず、セオは黙ってうなずいた。

「もう、セオったら」アナベルはつっけんどんに言った。「だったら素直に尋ねてくればよかったのに」

怒りがセオの中を駆け抜けた。「きみはいままで素直だったとでも？」

アナベルは顔を真っ赤にした。「たしかに、その指摘には一理あるわ。でも一理だけよ。それに、あなたは話をそらしている——いま問題なのはそのことじゃないの」

「なにが問題なのか、わたしにはさっぱりわからないね」

「コリン・マクケンドリックという名前を覚えていない？」

セオは思い返した。「それは、殺された男の名前じゃ——」。そんな。アナベル……」だがアナベルを見たとき、彼の推測が間違っていないことがわかった。きつく歯を食いしばっているため彼女の顎はこわばり、目はこみあげた涙で光っている。

「殺人のことは知らなかったの」やがて彼女は小声で言った。「ミスター・マクファーソンから聞くまで。妹は夫から逃げてきただけだと思っていたのよ」

「妹さんが犯人なのか?」

「それほど単純な話じゃないの。彼は乱暴な人間だった。フィオーナを殴っていて、子どもにまで危害を加えた」

「では正当防衛で殺したと?」

「いいえ……」アナベルはごくりと唾をのんだ。「そういうわけでもないの」

セオの心は沈んだ。彼女の妹に同情は覚えるが、それよりもアナベルのことが気がかりだ。「妹さんを差し出すべきだ」

束の間、沈黙が漂った。「どうしてそんなことが言えるの?」アナベルのささやき声はかすれている。

「妹さんが見つかったら……きみが隠匿していたと思われる。妹さんはきみを危険にさらしている」セオは自分でも驚くほどの恐怖に怯えている。

「あの子はわたしの妹なのよ」

「妹さんはきみのやさしさにつけこんでいる。実際になにがあったかを話してもいなかったんだろう。きみが助けを求めたとしたら、妹さんはきみを助けてくれると思うか?」

アナベルは唇を震わせた。「わからない。だけど、わたしの愛はそんなふうに見返りを求めるものじゃないの」

「そうであるべきかもしれない」セオは険悪な口調になった。「あなたの妹さんだったとしたら？　彼女たちがなにか恐ろしいことをしたとしたら——あなたは妹さんを差し出す？」

セオはため息をつき、自らの握り合わせた手を見おろした。「いいや」彼の負けだ。「決して差し出さない、なにをしたとしても」それなのに、セオはどうして妹に背を向けろとアナベルに言えたのだろう？　同じ立場に置かれたら自分はそうしないとわかっているのに。

アナベルは暗い顔でうなずいた。「それに、わたしにも責任の一端はあるの。コリンはいい結婚相手だと思ったのよ。あいつが残虐な人間だなんて思いもしなかった」

「きみが悪いんじゃない。そんなこと誰も知らなかったんだろう」

「それでも、わたしは見抜くべきだったのよ」アナベルは声をあげた。「わたしと同居できないとフィオーナが言ったときも、なんの疑いも抱かなかった……わたしは単に……これまでと同じように自分が疎まれているだけだと考えたの」

「ああ、アナベル」セオの胸が張り裂けそうになった。自分たちはひとり残らず愚か者だと言いたいけれど、声を冷静に保てる自信はない。いまこの瞬間、アナベルを見るのは非常につらい——彼女は身を硬くしてまっすぐ立っているが、目は涙で光っている。しかしまた、渇いた喉に冷たい水を飲むようにアナベルの姿を自分の中に取りこまずにはいられない。彼女のすべてが見える。強さ、弱さ、アナベルをいまのような女性にしたいいこと悪いことすべてが。アナベルを敬う気持ちがいっそう募る。彼女を気まぐれだなどと呼んだことが信じられない。

「おいで」セオはそっと言った。

アナベルはためらっていたが、やがてベッドまで来てセオの隣に腰をおろした。

セオは彼女に触れたかった。彼女を腕に抱き、目じりからあふれた涙を拭き取りたくてたまらなかった。しかし、彼の中のなにかがそれを押しとどめた。そういう行為は親密すぎるように思える――昨夜したことよりもさらに親密に。それは、セオが進んで行う気のないこと――与えられないこと――をほのめかしてしまう。

だから抱きしめる代わりに、腕が軽く触れ合うところまで体を寄せた。ふたりのあいだに置かれたアナベルの小さな手を自分の手で覆う。自分が奇妙なほどおどおどしているように、奇妙なほど若くなったように感じる。初恋にのぼせる尻の青い若者になったかのように。このちょっとした触れ合いは過剰であり、また不充分でもあった。「いつの日か、きみは自分を許さなくてはならない。一生この重荷を背負いつづけることはできない」

アナベルははっと息を吐き出した。「賢明な助言ね、セオ。それをあなた自身に向けたほうがいいんじゃないかしら」

彼女の冷静な視線をとらえたとき、セオは腹を蹴られたように感じた。アナベルはそんなに簡単にセオの内面を見抜けるのか？

「いまはわたしの話じゃない」セオは突然詰まった喉から声を出した。

「ええ、あなたの話はぜったいにしないのよね」

そこに辛辣さをセオが聞き取っていなかったとしたら、アナベルの口調は軽薄に聞こえたかもしれない。セオはみじめな気分になった。自分はすでに彼女に近づきすぎた。すでに彼女を傷つけている。修復せねばならない、アナベルの安全が確保できしだい。

「妹を助ける方法を考えるわ。まだどうすればいいかわからないけど、なんとかするつもりよ。あなたは協力してくれてもいいし、目をつぶっていてくれてもいい」

アナベルは選択肢があるような言い方をした。だがセオに選択の余地がないことを、彼女はわかっていないのか？　アナベルがどれだけ深く関与しているかを知った瞬間、セオに自由意志はなくなった。アナベルに危険が迫っているとき、セオが目をつぶっているのは不可能だ。

どんな手助けができるのかはわからない。アナベルはロバートかすてきな膝のキャメロンに頼んだほうがいいかもしれない。しかしセオの猛烈で激しい独占欲は、彼女がほかの人間に頼むことを望んでいない。たとえそれが身勝手だとしても。

「協力する」ついにセオは言った。

神よ、自分たちふたりを助けたまえ。

21

計画、それも周到に練った計画でも予定どおりに進まないことが多いと、アナベルはのちに思い知ることになる。アナベルとセオの計画は周到に練ったものですらなく、絶望感と迅速に行動する必要性に迫られてあわただしく立てたものだった。

セオは船便について問い合わせるため夜が明けきる前にオーバンまで行った。戻ったのは夜明けが過ぎて明るい朝日が顔を出してからだった。

「晴天がもてば明日じゅうに出港する船が一隻ある」客間でアナベルと落ち合ったセオは言った。睡眠不足で目は充血している。

「目的地はどこ?」

「最初アイルランドに寄港したあと、カナダのピクトゥーまで行く」

「それは好都合だわ」この船と同じくスコットランドを出港する船の大部分は、大西洋を渡ってカナダのノバスコシア州に向かう。アナベルはフィオーナとメアリーに大海を渡らせようと考えていたのだが、そこまで行かなくてすむ。アイルランドはスコットランドからそれほど遠く離れていない。

「わかったのはそれだけだ。船長は宿屋で眠っていて、宿屋の主人は船長をわずらわせたくなかった。だから乗船予約はできなかった」

アナベルは早朝にセオが出かけているあいだに、メアリーのために男の子用の服を入手していた。まだ幼いメアリーなら少年として通せるだろう。フィオーナはマントで顔を隠さねばならない。

あとは希望にすがるしかない。

ふたりの変装が通用するという希望に。

グラスゴーは避けるべきだという考えが正しいという希望に――都会のグラスゴーなら人ごみに紛れやすくはあるが、コリン・マクケンドリックの領地から最も近い出港地なので厳重に見張られていて発見されやすいとも考えられるのだ。

船の出港が遅れないことを願おう。

アナベルの経験では、あまりに多くの要素を希望にすがった計画はたいてい失敗に終わる。しかし自分たちは追い詰められている。ほかに方法はない。

「今夜出発しよう」

彼女はうなずいた。

強風に吹かれて髪を乱し、頬を赤くしたジョージーナが客間に駆けこんできたので、ふたりともびっくり仰天した。しかしジョージーナに関することでいちいち仰天していては身がもたない。ジョージーナは小型望遠鏡を持ち出していたらしく、そっと陳列テーブルに戻した。

セオがアナベルに向かって眉をあげると、アナベルは肩をすくめた。

ジョージーナが不審そうにふたりを見た。「どうしたの？」早くも神経をとがらせているアナベルが尋ねた。

「お客さんが来る予定があったの？」ジョージーナが訊く。

ジョージーナの用心深い口調はアナベルの心に恐怖を植えつけた。「どうして？」

「馬に乗った男の人がふたり、こっちに向かっているのよ。かなり急いでいるから、あと数分でここに着くと思うわ」

「まあ、大変」アナベルは急いでリンモア城に来たがる人間がいると思えなかった……フィオーナを捜す目的以外では。

セオがアナベルのほうを向く。緊張したいかめしい表情だが、そこに恐怖はない。

「わたしはふたりのところに行く……」アナベルは言いかけた。そしてどうする？　勝手口から出て外の建物のひとつまで逃げるようフィオーナに言う？　役人がこの家を訪ねたあと外の建物を調べたらどうする？　しかし彼らは捜索令状を持っているのか？　あるいは単に尋問して脅すために来ただけなのか？

ぐずぐず考えている時間はない。彼らはすぐに到着する。

客間にセオと目を丸くしたジョージーナを残し、きわめてレディらしからぬ大股で階段を駆けのぼった。フィオーナの寝室の扉を叩き、中に入る。

フィオーナは寝ぼけまなこで顎までシーツを引きあげ、アナベルを見つめた。「どうしたの？」

「すぐにこの部屋を出てどこかに隠れないといけないわ」

フィオーナは眠そうにまばたきをした。「いま?」

「いますぐよ」

アナベルの切迫した口調に、妹はあわてて動きだした。ベッドから飛び出して手早く服を鞄に詰めこみはじめる。さっきまで静かだった寝室が大騒ぎになったためにメアリーも目覚めた。急に騒がしくなったことが理解できずにきょとんとしている。

アナベルは少女の手をつかんだ。「着替えている時間はないわ」ベッドが無人になると、手早く寝具を撫でつけて伸ばした。フィオーナを見る。「あの人たちが捜索令状を持っているかどうかはわからない。とにかく勝手口まで行って。わたしたちが階段をおりる足音が聞こえたら、外の建物のひとつまで行って隠れるのよ」

フィオーナは口を引き結び、険しい顔でうなずいた。

「さ、こっちよ」アナベルは声をひそめた。ふたりを部屋から出させ、暗い使用人用階段をおりていくのを見送る。一分もしないうちに玄関扉がノックされて、重い扉の開くきしみ音が聞こえた。アナベルは大広間の上にある踊り場まで行き、中世ののぞき穴から様子を窺った。これまでに何人の神経質な族長がまさにこの場所にひざまずき、階下で行われる陰謀話に聞き耳を立てたのだろう、とぼんやり考えた。

ふたりの男性――ひとりは仕立てのいい乗馬用ブリーチズと明るい緑の上着に身を包んだ長身、もうひとりは地味な服装のずんぐりした男性――が驚きの表情でセオを見ている。

紹介がなされた。上等な身なりの男性はコリンの長兄ウェストバラ子爵で、地味なほうは法執行吏ボイド。ボイドは少々申し訳なさそうに弁解した。「我々はミセス・フィオーナ・マクケンドリックというご婦人を捜しています。その人の最も近い存命の親戚がここに住んでいると考えております。伯母のフランセス・ブレアと姉のアナベル・ロックハートですが」

「そうだ」セオは落ち着いて答えた。「わたしがこの領地の所有権を手にしたときから、ふたりともここに住んでいる。しかし、だからといって、女性たちがどれだけ怯えるか考えもせず前触れなくここに押し寄せる権利がきみたちにあると思っているのか？　彼女たちは衝撃で気を失うかもしれないぞ。敬意というものはないのか？」

このような状況にもかかわらず、アナベルは笑みをこらえねばならなかった。セオの話し方には非常に説得力がある。この城に、なにかに怯えて気を失う女性などひとりもいないというのに。

「なぜこんなに早い時間から起床しておられるのかお尋ねしてよろしいかな、ロード・アーデン？」ウェストバラ子爵の声だ。彼はボイドよりも手きびしそうだ……そして疑わしげだ。

運が悪い。コウモリのごとく襲いかかろうとする子爵がいなければ、話はもっと簡単だっただろうに。

「きみに説明する必要もないことだが、わたしはかつて軍隊にいた。早起きは習慣になっている」

子爵はなにかぶつぶつ言ったが、おそらく謝罪の言葉だったのだろう。「ともかく、我々はミセス・ブレアとミス・ロックハートに質問をせねばならん」

「とりあえず、あのふたりを起こしてこよう。きみたちを客間に案内して、紅茶を持ってこさせる。そこで話を聞けばいいだろう」

ボイドの咳払いは枯れ葉がカサカサと鳴るような音だった。「おふたりに話を聞く前に、閣下にいくつか質問させていただけますでしょうか？」

「かまわん」セオがぶっきらぼうに言う。

「あなたはミセス・マクケンドリックをご存じですか？」

「知らん」

「この城にいらっしゃったとき、ミセス・ブレアとミス・ロックハート以外の住人はいましたか？」

「いなかった」

「女の使用人は？」

「女中ひとりと料理人ひとりだ」

「そのふたりのどちらかは金髪の若い女性では？」

セオはかぶりを振った。

「小さい子どもは見かけておられませんか？　女の子ですが」

彼はふたたびかぶりを振った。「その女性はなにかをした容疑をかけられているのか？」

ボイドが子爵を一瞥すると、子爵は鋭くうなずいた。「夫殺しです」

「安心したまえ、わたしは人殺しの女をかくまってはいない。そのように疑われるのは心外だ」

これほど恐ろしい状況にあっても、アナベルは微笑まないよう唇を噛まねばならなかった。彼は非常に怒りっぽく偉ぶって聞こえる。心から憤慨しているかのように。そして彼は嘘をついている。高潔なロード・アーデンが法執行吏に嘘をついているのだ。アナベルのために。アナベルを守るために。

それにはなんらかの意味があるはずだ。

あるに違いない。

ボイドはなだめるように手をあげた。「疑ってはおりません、閣下。我々は単に答えを知りたいだけです」

「ミス・ロックハートにはほかにも親戚がいる」セオは言った。「その者たちを取り調べたらどうかね？」

「いたします。ここでなにも見つからなければ」

「ここではなにも見つからない。しかしどうしてもこんなふうに時間を浪費したいのなら、きみたちを止めるつもりはない」セオは彼の横をすり抜けようとするふたりを通した。「客間まで案内して、女中にミス・ロックハートとミセス・ブレアを連れてこさせよう」

アナベルは静かに自分の部屋に戻り、カトリオナを待った。

「お嬢さま？」やがて女中が小さく声をかけて顔をのぞかせた。

アナベルは座っていたベッドから立ちあがった。

「法執行吏が来ているの」アナベルはささやいた。「フィオーナについて話を聞きたがっているわ。なにも知らないふりをして。あの親子がここに来たことはないというふりを」

カトリオナは怖い顔になった。「そんなことわかっています。わたしはばかじゃないんです。ロード・アーデンも、わたしに念を押してこられました」

「そうなの?」アナベルの胸が突然ざわめいたが、それは彼女の話を聞こうと階下で待ち受けている男性たちの存在とはなんの関係もなかった。

カトリオナは鼻を鳴らしたものの、それについての発言は差し控えた。「早く下に行ったほうがいいですよ」

アナベルは少しでもまっとうに見せようとドレスを撫でつけてほつれた髪をピンで留めることに没頭して歩いていたので、廊下で待っていたセオにぶつかりかけた。

「さっきのやりとりは聞いていたか?」彼はアナベルの肘をつかんで支えながら小声で尋ねた。

アナベルはうなずいた。セオが法に反してまでも自分の側についたことが、どうしようもなくうれしい。すると彼は思いもしなかったことをした――アナベルの顔を手で包み、上を向かせてキスをしたのだ。

ため息のようにやさしく、降りかかる雪片やバラの花びらのように繊細に唇をかすめるキス。

まるで愛情のこもったようなキス。

気がつけばアナベルは自分からもキスをしていた。自分の唇にそっと押しつけられた彼の唇の感触がいとおしい。腹に恐怖が渦巻いているにもかかわらず。彼が肉体は捧げてくれても決して心は捧げてくれないと悟ったにもかかわらず。

その推測は間違っていたのだろうか。あるいは、セオが自分の心を誤解していたのだろうか。

いや、彼が愛情のようなものを捧げているわけではないということも、おおいにありうる。愛に飢えたアナベルの心が単純な行為を誤って解釈しているだけなのだろう。結局のところ、セオが嘘をついたのは彼自身のためでもある。フィオーナが自分の家で見つかったなら、いくら彼女がいることを知らなかったとセオが言い張ったとしても疑いの目で見られることになる。アナベルが無分別に愛情を夢見ている一方で、セオは言い逃れできない難局に陥らないようにしているだけかもしれない。

アナベルが自分の感情やセオの動機についてこれ以上思いをめぐらせる間もなく、セオは腕を差し出して客間まで導いていった。

彼女が部屋に入ると、男性ふたりは立ちあがった。フランセス伯母はすでに来ていて、両手を慎み深く膝に置いている。アナベルは伯母の隣に座って冷静なまなざしを彼らに向けた。

「どういうことでしょう？」

「挨拶もなしとは、ご婦人は単刀直入だ」子爵は冷たくアナベルを眺めた。「ボイド？」

「あなたは最近妹のフィオーナ・マクケンドリックと会いましたか？」

アナベルは眉根を寄せた。「フィオーナとは五年ほど話をしていません」二週間前まで、その発言は紛れもない真実だった。

「間違いないですか？　手紙もなにもありませんか？」

「ええ、間違いありません」

法執行吏は真顔で身を乗り出した。薄い髪がひと筋顔に落ちる。「ミス・ロックハート、妹さんが困難な立場に置かれたとき行く場所に心あたりはありませんか？」

アナベルは首を横に振った。

彼らはフランセス伯母にも同じ質問をした。老女はフィオーナがここにいることをよく知っていながら平気な顔で嘘をついた。舞台から離れていた期間が何十年でなくほんの数週間であるかのようだ。

子爵は苛立ちを募らせ、アナベルをにらんだ。「妹がどこにいるかまったく見当がつかないなどという話を我々が信じると、本気で思っているのかね？」

「ほんとうですから」アナベルはできるかぎり落ち着いて言った。「残念ながら、わたしと妹はかなり前から疎遠になっているのです」

「まったく？　最近はひとことも交わしていない？」

「はい」

「あの女はわたしの弟を銃で撃ち、放置して死なせたのだ」子爵は怒鳴った。「女は必ず見つけ出す。きみが彼女の居場所についてなにか知っていたなら、きみも法を犯したかどで逮捕させるぞ。きみたち姉妹を絞首刑にかけさせる」

アナベルの顔から血の気が引いた。両手をきつく握り合わせる。子爵は細めた目でその動きを追った。

部屋の端に立って黙って成り行きを見守っていたセオが、急に声をあげた。「ミス・ロックハートは我が家の客であり、そのように扱っていただきたい」その発言に脅しの言葉を付け加える必要はなかった。姿勢がこわばって目が険しくぎらぎら光っていることから、セオが怒っているのは一目瞭然だ。もしセオが人を脅すような人間だったとしたら――実際には違うが――子爵が話しつづけるには命の危険を覚悟せねばならなかっただろう。

その瞬間のセオの原始的な様子を目にしたとき、アナベルの背筋がぞくりとした。それはばかげている――いま考えるべき、より重要なことはいくつもあるというのに。彼がアナベルを弁護するためその原始的な怒りをあらわにしたこと、雷雨のように彼のまわりの空気がぴりぴりしたこと、アナベルが手を伸ばしてそのむき出しの男らしい力に触れたくなったことよりも。

子爵は黙りこんだ。

「もちろんですとも」ボイドがあわてて言った。「我々は質問をしにきたのであって、非難しにきたのではありません」無表情でまっすぐ前を見据えるウェストバラ卿にちらりと目をやる。「妹さんが手紙を書いたりここに来たりしたら」ボイドはアナベルに視線を移し、穏やかに言った。「わたしにご連絡ください。妹さんを助けたら、あなたまで困った立場に追いこまれます。正義はなされねばなりません。紳士がひとり恐ろしい殺され方をしたのです」

アナベルはうなずいた。「わかりました」

「ほんとうだな？」子爵は執拗に訊いた。

アナベルは彼の視線をしっかり受け止めて短く一度うなずいた。

「お時間を取っていただき、ありがとうございました」ボイドは立ちあがった。ようやく紅茶のトレイを持ってきたカトリオナは、ふたりが横をすり抜けて出ていったのでぽかんとした。

それでもカトリオナがトレイをアナベルの前に置くと、アナベルは茶葉をポットに入れるためスプーンですくいはじめた。とにかくなにかしておくために。手つきがしっかりしていないことに気がつき、なんとか震えを止めようとした。

セオは黙ったままふたりを玄関まで見送った。ささやき声のあと重い扉が閉まる音がして、セオがふたたび現れた。「うまくやったな」アナベルと伯母の両方に話しかけながらも、彼の目はアナベルに向かっていった。

「法執行吏はまともそうだったけど、あの子爵は不愉快な男じゃなかったかね？」フランセス伯母が紅茶のカップを取りあげながら言った。

「あの人、わたしを疑っているわ」アナベルが静かに言う。

「きみがなにかしたという証拠はひとつもない」セオが指摘した。「疑い深い不機嫌なくそ野郎め」

アナベルは驚き、笑みを抑えた。セオが彼女の前で悪態をついたのは初めてだ。「わたしの側に立ってくれてありがとう」

セオは一瞬顎をこわばらせたあと、居心地悪そうに横を向いた。彼の居心地が悪いのはアナベルの弁護をしたからか、あるいはそのことでアナベルが礼を言ったからかはわからない。

ジョージーナがそっと部屋に入ってきたとき、三人はぎくりとした。「あの人たち、もう帰った？」

「帰ったぞ」

「出てきていいわよ！」ジョージーナは叫んだ。

「ジョージーナ、大声を出すなと――」セオが言いかけたが、それは手遅れだった。

フィオーナが入ってきた。後ろからメアリーがついてくる。少女はセオに微笑みかけた。少し恥ずかしげで、少し畏敬の念に打たれたような笑み。セオにすっかりのぼせていることを示す笑み――自分もあんな顔でセオを見ているところを人に気づかれないことを、アナベルは真剣に願った。やがてメアリーは母親の後ろに隠れた。

そこへロバートが入ってきた。「なにを叫んでいたんだ、ジョージーナ？　目が覚めちゃったよ」彼は口をつぐんで目をぱちくりさせ、凍りついている人々を見つめた。とくに見知らぬふたりを。「社交訪問を受けるには人里離れすぎていると思っていたけどね」誰も返事をしない。「みんな怖い顔だな。誰か、ぼくがなにを見逃したのか教えてくれないか？」

セオは困惑して手で顔をこすった。アナベルに目をやると、彼女はうなずいた。いまさらこの状況を糊塗《こと》するには遅すぎる。

「みんなが知ることになるなら、エレノアにも話したほうがいいわ」アナベルは言った。

「たぶんエレノアはもう知っていると思うよ。扉の前で立ち聞きしていたから」ロバートは暴露した。「正確に言うと、ここじゃなく図書室の扉だけど。前を通ったとき見かけたんだ」

エレノアが恥ずかしそうに顔を赤らめて入ってきた。「盗み聞きしようとしたんじゃないのよ。だけど、声はここから図書室までよく聞こえるの」

セオはため息をついた。「わたしにはプライバシーがまったくない」

「プライバシーなんて必要ないじゃないか」ロバートは言った。「兄さんは賭けごとをしないし、飲みすぎもしない。愛人を囲っても――」場に若い女性がいることに気づいたらしく、ロバートは言葉を切った。咳払いをする。「そういうことはなにもしていない。実のところ、すごく退屈だよ」

アナベルならセオのことを表現するのに退屈という言葉は使わない。とりわけいまは、彼がどんなに情熱的にキスをするか、どれほどくまなく彼女に触れたかを知っているのだから。彼の手が脚のあいだに触れ、探索し、熱く巧みな口が……。アナベルは唾をのみこみ、問題の男性以外に目を向けようとした。そのときジョージーナと目が合った。ジョージーナはなにかを疑っているように眉をあげて見返してきた。

あの娘は若いくせに非常に洞察力がある。

「どういうことなの？」ありがたいことに、エレノアの質問によってセオが退屈かそうでないかという問題から注意がそれた。

セオは弟妹に目を向け、メアリーとフィオーナを手で示した。「こちらはミス・ロックハートの妹さんと姪っ子だ。わたしとミス・ロックハートは、役人に見つかる前にふたりをスコットランドから逃がすべく最善の努力をする。おまえたちは、このことを誰にも言わず、なにも知らないふりをしてほしい」

ロバートが顔をしかめる。「そんなに恐ろしげで曖昧な説明をありがとう。で、役人はどうしてこの人たちを捜しているの？」

セオは躊躇し、吐息をつき、そして真実を告げた。「ミセス・マクケンドリックは殺人のかどで手配されている」

22

アナベルの驚いたことに、彼らはことの次第を聞くとすぐにフィオーナの説明を受け入れた。理由の一部はフィオーナの悲惨な状況への同情だったが、ほとんどはセオのおかげだった――セオはすでに決断をくだしており、弟妹は兄を全面的に信頼している。三人とも彼に忠実だ。彼を愛している。長らく留守だった兄と一緒にいるためだけに、国を半分縦断する旅にもついてきたくらいなのだ。

自分がどんなに幸運か、セオはわかっているのか？　少しでも気づいているのか？　彼がロバートと頭を寄せて話しているのを見ながら、アナベルは喉のつかえをのみこんだ。

「待ってよ」ジョージーナが言う。「わたしたちはなにをするの？」

「ここにいろ」セオは言った。「おまえたちはすでにこの事件に深く関与しすぎている。わたしとロバートでミセス・マクケンドリックと娘をオーバンまで送り届け、そこで明日の船を待つ。見つからないよう夜に出発する。わたしとロバート以外は全員ここに残る」

アナベルは目をぱちくりさせた。「なんですって？」

「危険すぎる」セオが言う。

ジョージーナはその説明に満足しなかった。「わかった。兄さんたちにはより弱い性を守るという男らしい願望があるのね」いやみたっぷりに言葉を吐き出す。

「違う」セオの声は張り詰め、苛立ちにあふれていた。「守りたいのは自分の妹たちだけだ」

エレノアの声は小さかったが力強かった。「だったらミス・ロックハートが行っちゃいけない理由はないでしょ、行きたいのなら」

「彼女にとっても危険すぎる」セオは自分の髪の毛を引き抜きたいかのようだ。

「だけど兄さんの妹じゃないわ」

「彼女は――」セオは突然口を閉じてアナベルを見つめた。アナベルの心臓が飛び跳ねる。

「やはり危険だ」

「わたしがあなたに求めたのは協力よ」アナベルは言った。「完全に主導権をゆだねたわけじゃない。責任者はわたしだわ」

「アナベル――」セオはみんなのいるところでアナベルの名を呼んだことを意識していないようだ。ちょっとした動き――眉があがり、目が見開かれたこと――から判断すると部屋にいる全員がそれに気づいたことにも。けれどジョージーナはにやにや笑っているし、フランセス伯母もあまり驚いた様子ではない。

「あなたがなにを言ってもわたしの気は変わらない」アナベルは彼らを無視し、セオだけに注意を向けた。

「いいだろう」セオは議論が無駄であることを悟ったらしく、そっけなく言った。「わたしとロバートとミス・ロックハートでふたりをオーバンまで送り届ける。これが」ジョージーナが反論しようと口を開けると、セオは言った。「最終決定だ」

一同は解散し、アナベルは幼い男の子を持つ小作人の家族から手に入れたシャツとブリーチズをメアリーに着せた。サイズは充分近かったが、それでも服は少女の痩せた体にはぶかぶかだった。アナベルはメアリーの長い髪をできるかぎり上でまとめてピンで留め、縁なし帽で隠した。

あとずさって成果を確認し、にっこり笑う。メアリーは聞き分けのないいたずらっ子に見える。より重要なことには、くっきりした鼻と顎と鋭角的な輪郭のおかげでいたずらな男の子に見える。

そのあとアナベルは隠し金庫の拳銃を取りにフランセス伯母の部屋に向かった。フィオーナは娘とふたりきりで新しい国へ行く。妹になんらかの身を守る手段があれば、アナベルも安心できる。それを使う必要が生じないことを願ってはいるが。

そっと扉をノックすると、フランセス伯母は部屋にいてアナベルを手招きした。

「同じことを考えていたみたいね」伯母がすでに戸棚から金庫を取り出していたのを見て、アナベルは言った。

アナベルが小型拳銃を手提げに滑りこませると、フランセスは姪の肩に手を置いた。「おまえは戻ってくるつもりかい？」

アナベルは驚いて振り向いた。「もちろん戻るわ」

「戻らなくてもいいんだよ。おまえが妹と一緒に行きたいのなら、わたしはかまわないから」

「わたしは……」アナベルの胸に鋭い痛みが走った。なぜか、そんな可能性など考えもしていなかった。「でもここはわたしの家よ。伯母さんはわたしの家族」妹のためならなんでもするつもりだけれど、フランセスはアナベルを住まわせてくれた人、ありのままのアナベルを受け入れてくれた人、ずっと一緒にいてくれた人だ。

「近いうちに、ここはおまえの家じゃなくなるんだよ」フランセスが言う。

アナベルは話そうと口を開いた。

「ここはロード・アーデンの家だ。ここにとどまろうと抵抗するのが正しいことだとは思わない。あの方はご親切にも、わたしたちに住まいを見つけようとしてくれているんだからね」

「エディンバラの貸し部屋ということ？」アナベルはさげすむように言った。「それはたしかにご親切なことね」

「ほんとうに親切だよ」フランセスは穏やかにたしなめた。「抵抗したってわたしたちに勝ち目がないのはわかっているだろう」

アナベルの胸の中でなにかが砕けた。伯母の言うとおりだ。セオはその気になれば、着の身着のままでアナベルたちを追い出すこともできた。それに、フィオーナとメアリーが行ってしまったら、ここをどうしても離れられない理由はなくなる。ただし……ただし、そう考えただけで心がまっぷたつに裂けてしまいそうだ。

「伯母さんを置いていきたくない。みんなで……みんなで行けばいいかも……」でもそうしたら、二度とセオに会えなくなる。

しかし、それがどうした？　どれだけ希望を抱き、彼を求めたところで、なにも変わらない。彼は簡単に愛情を受け入れる人ではない。万が一受け入れることがあるとしても。アナベルは現実的な人間だ。こんな重い決断に対して、感情が影響を与えることは許さない。

するとフランセスは言った。「わたしは老人だ。異国で新たな人生を始めたいとは思わない――この生き方で満足している。だけどおまえは若くて順応性がある。行きたいなら行ったほうがいい」

自分がなにを望んでいるのか、アナベルにはわからなかった。「いずれにせよ、お金が足りないと思うわ。快適な生活を送るためフィオーナには持っているお金がすべて必要だから」

「ロード・アーデンに頼めばいい」

アナベルはあっけにとられて伯母を見つめた。奇妙な、だがよく知る感じが屍衣のごとく彼女を覆う。「わたしに出ていってほしいの?」ほとんど呼吸もできない。

フランセスは目を丸くした。「違う。違うよ! ああ、いとしい子……ぜひ一緒にいてほしいよ。だけどわたしの身勝手な思いでおまえの希望を妨害したくないんだ。それに……」彼女は言いよどんだ。「おまえの心が張り裂けるのは見たくない」

アナベルの目が熱くなった。喉も焼けるように熱い。「ここにいたらそうなると思っているの?」

「おまえは、実現するかしないかわからないことを望んでいるように思うんだよ。ロード・アーデンはいい人らしいけど、傷ついてもいる」フランセスはため息を漏らした。「わたしは人生で多くの人間と知り合った。おそらくは知り合うべきでない人たちとも」――アナベルが覚束ない笑みを浮かべる――「人はとてつもなく頑固で強情な生き物だ。自分は気安い人間だというふりをするけれど、実際にはそうじゃない。人生で負ったどんな傷でも抑えこみ、なにも問題ないというふりをするだけなんだ」

フランセスはやれやれと言うように頭を振った。「おまえのロード・アーデンの傷はいずれ癒えるかもしれない。だけどそれには時間がかかるし、癒えるのを待つあいだに人生に起こりうる最善のものを失うかもしれない」

フランセスが上の空でアナベルのほつれ髪をつまんだとき、アナベルは泣きだしそうになった。その仕草があまりに母親らしかったので、アナベルはその感情が消えないよう、体を丸めて自分を抱きしめたくなった。

「わたしは怯えているんだと思う」アナベルは消え入りそうな声で言った。数えきれないほど多くのことに怯えている――フィオーナとメアリー、そして自分自身の安全、これまでに愛した唯一の場所、自由を感じられた唯一の場所を去ること、それにセオ……セオのすべてがアナベルを死ぬほど怯えさせる。

「わかっているよ」フランセスはそれだけを言ってアナベルを抱きしめた。

その夜、セオは馬を荷馬車につなぎ、曲がりくねった道をゆっくり進みはじめた。細い月の光と星明かりが道をやさしく照らす。夜気は澄んで冷たい。アナベルは自分と、うとうと眠るメアリーのまわりに毛布をしっかり巻きつけた。そのときうっかりロバートの胸を肘打ちしてしまい、彼のうめき声を引き出した。おとな四人と子どもひとりが乗るのに荷馬車は狭すぎたが、もっと大きな馬車だったらハイランドの悪路を問題なく進めなかっただろう。

このあたりの道路はジャコバイトが暴動を起こしたときに備えて歩兵が進むことを想定して整備されたものだが、ジャコバイトの危険が去ったあとすべての道が維持管理されてきたわけではない。

セオは黙って馬を操っているけれど、ロバートは皆とおしゃべりをした。状況の深刻さを考えると過度に陽気に。

「これはぼくにとって最大の冒険だよ。ジョージーナとエレノアはうらやましがるだろうな」

「楽しい冒険だとは思えないんだけど」アナベルはフィオーナと目を合わせながら言った。

「たしかにね。だけどきみたちはふたりともこの難題に正面から取り組む力がある。美しくて勇敢、すばらしい組み合わせだね」

アナベルが小さく笑い、フィオーナも微笑んだ。アナベルはロバートの戯れをばかげていて面白いだけで底が浅いと思っていたが、いまの場合、彼がなんとかふたりを力づけようとしているのがわかった。ロバート・タウンゼンドは最初アナベルが思ったより思慮深い人間なのかもしれない。

「ダニエル・デフォーの小説の登場人物になった気分だね」

「ねえ、あなたはいつかこの冒険について本を書けばいいんじゃないかしら」アナベルは軽く言った。

「だったら兄さんには詩を書いてもらって一緒に本に載せるよ」

アナベルは手で口を覆って笑いを隠した。フィオーナがアナベルをちらりと見る。「どういうこと？」

「兄さんは自分が詩人になれると思っていたんだ」ロバートが悲しげに言う。

「結局はなれなかった」セオは沈黙を破った。「その話は蒸し返さなくていい」

「蒸し返してもいいじゃないか」ロバートはアナベルが詩を書くようセオに挑んだいきさつをフィオーナに話しはじめたが、アナベルはそれを聞き流し、セオをじっと見つめた。彼の横顔が見える。表情は張り詰めていたものの、彼の唇はわずかに口角があがって曲線を描いているのがわかった。

その曲線を指先でなぞり、舌で舐めたい。彼をからかって、彼の顔が変わる様子を見てみたい。

アナベルは……多くのことを求めている。

だが、いまこの瞬間、それらはすべて手の届かないところにあるように感じられた。

23

オーバンに着くとすぐ、セオは自分たちの顔が知られていない宿屋に部屋をふたつ取った。アナベルとメアリーとフィオーナがひとつの部屋に、セオとロバートがその隣の部屋に泊まる。

夜明けまでの静かで張り詰めた時間、アナベルはどうしても眠れなかった。そのあいだ天井を見つめ、隣の静かな息遣いを子守歌のように聞きながら思いにふけった。

この夜の時間と、昼間の持て余した精力が、アナベルの警戒心をすっかり奪ってしまった。そして彼女はあることを悟りはじめた。最初からそれはずっと存在していて、それを覆っていた膜がはがれたいま初めて気づいたのかもしれない。セオを見るたびに、アナベルの心は期待で躍る。目覚めたままベッドに横たわっているとき、彼に触れられたい、脚のあいだに口を置いてほしいと思ってたまらなくなる。彼が恋しくて猛烈に体が疼く。自分たちは同じ屋根の下にいるというのに……。

なんとかして、こんな気持ちを振り払おうとした。逃げ口上を考えようとした。でもなにも思いつかない。

いや、その表現でもまだ生ぬるい。アナベルはセオを愛してしまったのだ。

単に愛しただけではない。もう這いのぼることができそうにないほどの深みに落ちてしまった。自分の心臓を短剣で切り取って銀の皿に載せて彼に差し出したいくらいだ。

この気持ちは愛だけではない。魂が彼に鎖でつなぎ留められているかのようだ。知っておくべきだった。自分はあまりに長いあいだ飢えていた――人を愛したら飢えた心が完璧に燃えあがることを知っておくべきだった。

これは賭けだ。セオは自分にとって最も大切な家族にまで心を閉ざしている。アナベルが自らを差し出しても、彼は拒むかもしれない。でも拒まないかもしれない。ふたりのどちらかが心の扉を開いたなら、あとのこと――愛、ともに暮らす生活、将来――はついてくるのかもしれない。確かにこれは賭けだが、人生だって賭けだ。サイコロを振らないかぎり勝ちは訪れない。

だからアナベルは決めた。じっと座って半分死んだ生活を送りながら実現しない願望や語られない欲求や数えきれない後悔を抱えて最後のときを待つこともできるけれど、目の前にあるものを最大限に利用することもできるのだ。

隣室の扉が開いて閉じる音、廊下を歩いていく足音が聞こえたとき、アナベルはベッドから起きあがった。フィオーナが起きていて気づいたとしても、アナベルが部屋を横断するとき彼女はなにも言わなかった。

アナベルはノブに手をかけたまま、一瞬だけ立ち止まった。

夢を見るのはもう終わり。自分が欲しいのは現実だ。たとえそれで傷つくことになるとしても。

「どこへ行くんだ？」床につくった即席のベッドからロバートが起きあがる音を聞いて、セオは尋ねた。

「下で一杯やりに。こういう陰謀は体によくない」

「飲みすぎるなよ。朝には出発できるようにしておかないと」

「はいはい、お母さん」ロバートがあきれて目玉をまわしているのが、セオには感じられるようだ。

セオはため息をついて藁に柔らかなシーツを敷いたマットレスに寝転がった。だが正直なところ、彼も眠りたい気分ではない。ロバートが扉を閉めたあと鍵をかける音は聞こえていなかった――眠るつもりならベッドから出てセオが施錠せねばならないだろう。いや、その代わりに下におりて弟と一緒に一杯やったほうがいいかもしれない。

起きあがって義足をつかもうとしたとき、小さなノックの音に手が止まった。「セオ？」小さくひそめた声であっても、アナベルの声はどこにいても聞き分けられる。口の中がからからになった。少なくとも彼女の用件を聞く必要はある、と自分に言い聞かせた。なにかまずいことが起こったのかもしれない。

「鍵は開いている」

扉がきしみ、アナベルが部屋の入り口に立った。薄いシュミーズの上にガウンをはおっただけの姿だ。片方の手に持つ燭台の炎が彼女の顔を金色に染める。アナベルはもう片方の手で扉を閉め、鍵穴に差しこんだままの鍵を回した。

セオの心臓が喉までせりあがった。彼は一瞬、呼吸の方法を自分に思い出させねばならなかった。

「なんの用だ?」なんとかかすれた声を出す。

アナベルは洗面台に燭台を置き、セオに向き直った。「なんの用かはあなたもわかっていると思うわ」その言葉に、セオの股間までまっすぐ熱が走った。

彼女がセオの開いた脚のあいだに立つと、セオの口の中がますます乾燥した。アナベルは彼の顔をつかんでやさしく上を向かせた。「わたしは疼いているの。自分でそれを止めようとしたんだけど、ますますひどくなるだけだった」

アナベルの手が自らの体を這うところを想像して、セオの心臓は止まりかけた。

だが欲情で頭がぼんやりしながらも、なにか忘れていることがあるのはわかっていた。自分たちがこうしてはいけない理由だ。いまは弱い理由にしか思えないけれど。「わかっているだろう、わたしは——」

「結婚しない。なにも与えられない」アナベルはセオが少々気分を害するくらい軽々しく言った。「前にも聞いたわ」

アナベルは彼のシャツのV字形に開いた喉元から手を滑りこませ、指を広げて胸の素肌に触れた。セオはあばれる心臓に焼き印を押されたように感じた。「わたし、あなたに結婚してと頼んだ?」

セオは黙って首を横に振った。「だからといって、こうするのが正しいということにはならない」

アナベルは手を止めて彼を見おろした。「あなたはなにがしたいの、セオ？」

〝したい〟と〝すべき〟はまったく異なるものだ。セオはアナベルを部屋に送り帰す〝べき〟、彼女を守る〝べき〟、なんとかして彼女を忘れる〝べき〟だ。こういう親密さは必要以上に事態を複雑にする。たとえ意図せぬ結果が生じなかったとしても。

そして、もしも意図せぬ結果が生じてしまったら？　妊娠を防ぐため最善の努力はするつもりだが、危険は常に存在する。アナベルは結婚する気がないと言っているけれど、いつの日か気が変わる可能性もある。いつの日か誰かと恋に落ちる可能性もある。

その思いは彼の心をさいなんだ。アナベルの笑みを別の人間が見、アナベルの笑い声を別の人間が聞く。アナベルの手が別の人間の体に触れる。そう考えると心が猛烈に痛む。

〝したい〟と〝すべき〟の溝がさらに広がった。

そのときアナベルの手が動いた。ほんの二、三センチだが、彼をふたたび燃えあがらせるには充分だ。アナベルは指をちょっと押しつけるだけでセオを支配できる。

「セオ？」アナベルはささやいた。

彼女の舌に乗って発せられるセオの名前は、あたかも妖精の呼び声だ。彼女の手の感触はたきつけに飛ぶ火花。アナベルの目に、セオの欲望と同じものが見える。彼の飢えと同じくらい強い飢えが見える。抵抗しようのない欲求が見える。セオの貪欲さと同じ貪欲さが見える。ふたりの呼吸が合う。鼓動が合う。

すでに洪水にのまれているとき、潮流に抵抗するのは無駄だ。自分たちふたりには今夜がある。いまがある。明日のことは考えまい。

セオはアナベルのガウンの中に手を入れ、脱がせて床に落とさせた。アナベルの唇が開く。セオは待った。緊張し、欲望に飢え、疼きを感じて。アナベルがなにをするかを待った。

アナベルは彼の胸の上で指を広げた。軽く圧力をかけて容赦なく彼を押す。セオは押されるがままに柔らかなマットレスにあおむけになった。つづいてアナベルも横たわり、ナイトシャツの下に手を入れた。手のひらで彼の太腿をかすめたあと腹に触れ、筋肉の輪郭をなぞり、執拗に探索する。

「厩舎であなたを見たときわたしがなにを考えていたかわかる？　これを」――アナベルは彼の胸に手を滑らせた――「このすべてを、ひとり占めしたいと思っていたのよ。あなたを味わいたいと」

シャツの裾をつかむ。そしてめくりあげていった。太腿を過ぎ、腰を過ぎ、セオの素肌がアナベルの視線にさらされる。冷たい空気が肌に触れても、セオの中で猛威を振るう熱は冷めようとしなかった。

セオは触れられているかのように、彼女の強い視線を感じることができた。アナベルの口角があがったとき、欲望が雷のようにセオを貫いた。どうすれば自分の肉体が爆発して砕け散ることなく、これだけの欲望をおさめられるのかわからない。どうすればこれに耐えられるのかわからない。

肺が苦しくなるまで息を殺して、アナベルがゆっくり屈みこんで温かく濡れた口で腹を舐めるのを凝視した。すでに硬くなっていた股間が、反応してさらに大きくなる。セオは口の内側を噛んでうめき声をこらえた。

「まともな女性ならこんなふうに考えちゃいけないのはわかっているけれど、わたしはあなたの体が欲しいの、セオ・タウンゼンド」

アナベルは腰骨の出っ張りにキスをし、腹の毛をなぞって下へ向かった。ほつれ髪がセオの皮膚をくすぐり、股間をかすめる。羽毛のように軽く、しかし刺激的に。「この体はきみのものだ」彼はなんとか声を出した。

するとアナベルは脈打つ彼のものに指を巻きつけた。「これもわたしのもの？」いたずらっぽく尋ねる。

彼女はセオを殺そうとしている。だがセオは幸せな男として死ねるだろう。「ああ」しゃがれ声で答えた。それ以上長い言葉は話せそうにない。いま言えるのは〝ああ〟と〝お願いだ〟と〝もっと〟くらいだろう。

アナベルはみだらに微笑み、頭部に口づけた。反射的にセオの腰がひとりでに浮く。少しでもまともに考えることができたなら、恥ずかしく思ったことだろう。しかし、いま彼にできるのは、心臓が止まらないよう空気を充分吸おうとすることだけだった。

アナベルは彼を探索した。最初は遠慮がちに、やがてもっと自信たっぷりに――セオの反応を見ながら。彼がこらえきれずに息をあえがせる様子、彼がアナベルの操り人形で彼女に紐を引っ張られたかのようにびくりと腰をあげる様子。そういう反応を得るにはどうすべきかをアナベルが知るのに、時間はかからなかった。

アナベルがキスを終えて根元から先端まで舐めたとき、セオはもうそれ以上、されるがままになっていられなかった。アナベルの腰をつかんで体を裏返し、あおむけにする。ベッドの土台が大きくきしんだけれど、セオの注意はアナベルだけに向けられていた。髪が後光のように顔のまわりに広がる。だが口元にうっとりしたみだらな笑みを浮かべ、少し脚を開いた彼女がどんな天使なのか、セオにはわからなかった。

おそらくは堕天使だ。

彼女と一緒にならば、セオも喜んで堕落しよう。どこまでも堕ちていき、地中にのみこまれてもかまわない。それでアナベルと触れ合っていられるのなら。

セオは彼女のシュミーズをめくりあげた。シュミーズが柔らかなストッキングを、そしてなめらかな肌をかすめ、徐々にアナベルの体があらわになっていくのを、欲望に飢えた目で見つめる。前にも見たことはあるけれど、決して見飽きはしないだろう――隠された柔肌、太腿のなだらかな曲線、腰のくびれ。彼女の体は屈強でしなやか、屋外でよく動いているため筋肉質。内腿の曲線に歯を立てると、アナベルが身を震わせて大きくうめくのが感じられた。

アナベルの落ち着きのない貪欲な手がふたたびセオのナイトシャツをつかみ、めくりあげて頭から脱がせた。再度あらわになった素肌に手を這わせる。肩から上腕をなぞり、胸板を撫でおろした。

セオは全裸なのにアナベルはまだシュミーズを着ている。それは不公平だ。彼はシュミーズを引っ張って無言で意思を伝えた――いまはとてもまともにしゃべれそうにない。静寂、ロウソクの金色の炎、アナベルの香りに包まれて、呪文にとらえられたように感じている。するとアナベルは上体を起こして頭からシュミーズを脱ぎ、生娘らしく恥ずかしがることもなく投げ捨てた。

アナベルがふたたび身を横たえると、セオは盛りあがった小ぶりの乳房にかわるがわるキスをしながら、手を脚のあいだに差し入れた。アナベルのそこは濡れて熱く、セオに愛撫されると腰はじれったそうに動いた。

セオはいったん体を引き、アナベルを見おろした。彼女の唇は開き、目は半ば閉じられ、胸や喉はバラ色に染まっている。セオの中を激しい欲望が貫いた。いままでこれほど強くなにかを感じたことはない。

セオが見つめているのに気づいてアナベルがにっこり笑うと、彼は太陽の熱にとらえられた気がした。アナベルが彼の腰をつかんで引きおろす。だがセオもうながされる必要はなかった。彼女の脚のあいだに身をおろし、彼を受け入れられるよう手で彼女を広げる。

アナベルは膝と腕でセオを挟んで引き寄せ、湿った熱の中に導いた。セオは時間をかけてゆっくり入っていった。朝の花のようにアナベルが開くのを待ち、腰を前後に揺らし、やさしく、だが容赦することなく自らを押しこむ。やがてふっと抵抗が消え、彼はアナベルの奥深くにうずまった。彼女にとらわれたと感じるほど奥深くに。

アナベルがのけぞり、長く白い首筋をあらわにする。彼の腰に爪を立て、動くよううながした。だからセオは動いた。アナベルに向かって、アナベルとともに動きながら、白い首筋を舐め、頭を屈めて乳房に口づけた。

アナベルの爪は彼の背中を引っかいて甘美な痛みをもたらし、彼の張り詰めた腕の筋肉に深く食いこんだ。セオはキスをして彼女のあえぎを舌で受け止めた。ふたりの腰が不規則にぶつかる。彼女が身を硬くして息を止め、セオを包む筋肉がゆっくり収縮する。セオは自らをうずめたまま静止した。永遠にここにいたい、ここ、アナベルの腕の中で死にたい。股間の根元がしびれ、頂点が近いのが感じられた。

セオはぎりぎりのところで自らを引き抜き、息を切らせ、アナベルの肩に顔をうずめ、命の種をシーツに漏らした。

それは、彼の体も、ずたずたになった心も支配する女性のための、せめてもの犠牲だった。

24

アナベルはセオにやさしく別れのキスをしたあと、廊下が無人なのを確かめて自分の部屋に戻っていった。ことが終わったあとふたりのあいだにはなじみのない沈黙が広がっていたけれど、それは居心地悪い沈黙ではなく、セオは言葉を発して雰囲気を壊したくなかった。

アナベルを見送るとき後悔はあったが、後悔よりさらに大きな安堵も覚えていた――たとえいずれロバートが戻ってくるという事実がなかったとしても、アナベルの横で眠れるほど気を許すことはできなかった。気を許せることは永遠にないだろう。夜中に悲鳴をあげて目覚める可能性があるうちは。あるいは、もはや存在しない敵から身を守ろうとして彼女に殴りかかる可能性があるうちは。

その後セオは朝までまんじりともしなかった。二日間眠っていないし、その前も苦しみながらの睡眠しか取れていなかった。情熱の炎に身を焦がしているあいだも、自分が疲れ果てているのはわかっていた。骨の髄まで疲れきっている。心の奥底まで。それでもアナベルの安全を守りたいという思いが、どんなものよりも強く彼を突き動かしている。

アナベルがそばにいるとき、こんなに激しい独占欲がわきあがるのは気に食わない。彼女の味がまだ舌に残り、自分の手の下にあった彼女の肉体の記憶がまだ残っているときでも、結局彼女にとって最善なのはセオからできるかぎり遠ざかっていることだとわかっている、その事実が気に食わない。

夜が明け、階下で人が動く音が聞こえてくると、セオはあのあと部屋に戻っていたロバートを残してアナベルの部屋の前まで行った。できれば自分ひとりですべてを進めたい。できればアナベルを宿屋に残して安全に待たせていたい。だが黙って出ていったらアナベルが喜ばないのもわかっている。

彼女と扉一枚隔てたところに立っているとき、予想もせず望みもしない緊張に襲われた。昨夜のことは夢のようだった。美しい夢、でもしがみつくことのできない夢。しがみつこうと試みるのは愚かだ。実のところ、自分たちの関係はなにひとつ変わっていない――弁護士がセオの依頼に応えたら、セオはやはりアナベルを追い出すつもりでいる。なにも変わっていない。しかしすべてが変わっていた。

彼女が絶頂を迎えたときの小さな声を知っている。彼女がセオに抱きついたときの甘美で温かな体の感触を知っている。いままでにも増して、彼女と別れるときが来たらどんなにつらいかがわかっている。

セオは唾をのみこみ、扉を軽く叩いた。

すぐにアナベルが現れた。ちゃんと服は着ているが、髪はまだ少し乱れている。セオの顔がほてり、彼は自らを罵った。

「わたしは――」声は上ずっている。二十代の成人男性というより、まるで十三歳の少年だ。咳払いをして先をつづけた。「船の切符が買えるかどうか調べにいく」

アナベルはうなずいた。「一緒に行くわ」ほんのわずかに息が切れているのを除けば、セオよりはるかに落ち着いている。セオは少し筋の通らない憤りを覚えた。

アナベルは彼について廊下に出た。振り返ったセオは、彼女の顔に刻まれた不安のしわ、下唇を噛みしめたときの浅い歯形を見て怒りをやわらげた。

彼女がマントをはおり、顔を隠すためフードをかぶったとき、セオはアナベルの肩を抱いて妹の苦境は彼女のせいではないと言ってやりたかった。どれだけ時間がかかろうと、彼女が納得するまでそれを繰り返したかった。

でもそんな時間はなく、言葉はセオの口の中でつかえた。

海岸まで行き、海のほうを眺める。一隻の船が錨をおろしていた――帆柱二本を備えた小型船。きらきらした水面に白い波が立って船体に打ち寄せ、船はゆったりと揺れている。

「あの船はもうすぐ出港するのか？」セオは砂利の浜辺を歩くキルト姿の男性に声をかけた。

「ああ、今朝のうちにね。船長は最後の一杯をやっているところだが、そんなに時間はかからんと思うよ。しかし、もう満員じゃないかな。乗りたかったんなら、運が悪かったな」

「船長がどこにいるか知っているか？」セオは尋ねた。

男性は、船長と話したいならあそこへ行けと近くの酒場を指さした。酒場といっても、外観はこのあたりにあるハイランダーの住まいとまったく変わらない。中に入ると、草葺きの屋根の下の石づくりの玄関に配置されたふたつの小窓から光が差しこんでいた。何台ものテーブルがところ狭しと置かれており、床は木でなく土だった。

船長は目の前にあるジョッキの中身をほとんど飲んでいたが、セオとアナベルが歩み寄るのに気づいたとき、目はまだ澄んでいた。

「客をふたり、船に乗せてほしいんだが」セオはそう切り出した。

「無理だな。船は放逐された家族で満員だ」

「ふたりくらい乗せる余裕がないとは思えないんだけど。アイルランドでおりる予定なのよ」アナベルが口を挟んだ。船長はアナベルの顔を見ようとしたが、彼女はフードを目深におろしていた。

セオの胸に不安がわき起こった。不必要にアナベルに注意を引かせたくない。

「無理だって言っただろう」船長は怒鳴った。

「いくらあれば、あなたの気を変えられるの？」アナベルはギニー金貨を取り出した。

船長は金貨に目をやって逡巡し、ため息をついた。「それがあと二枚ほどあれば」

三ギニー？　アイルランドまでの短距離に一ギニーもかかるとセオには思えなかった。

「スコットランドからアイルランドまでの船賃が三ギニーというのは信じがたいな」

「かかるんだよ、満員のときはな」船長は肩をすくめた。

アナベルは手提げに手を入れた。「乗るのはわたしたちじゃなくて、小さな男の子を連れた女性よ」

船長の視線がアナベルの手から腕、顔へとあがる。彼は顔を寄せて声を低めた。「なんで本人がここに来ないんだ？　病気なのか？　病人は船に乗せられないぞ。ああいう狭い場所じゃ、病気はまたたく間に広がるんだ」

「いいえ、病気じゃないわ」

すると船長はにやりとした。「なるほど、訳ありってやつだな？」

「お金を受け取るの、受け取らないの？」

「受け取ろう。あと一ギニー足してくれたら、口を閉じておくぜ」

この男を殴り倒したいという思いはどんどんふくらんでいったが、セオはそれを抑えつけた。アナベルはセオの気分を察したらしく、早口になった。「じゃあ四ギニーね。あなたは信頼できる人だと思っていい？」

船長は首を傾けた。「乗客ふたり、質問はなし、誰に訊かれてもおれの口からはなにも訊き出せない」

アナベルは手を出し、ふたりは握手した。

「お客さんのために小舟を置いておく。三十分以内に乗船しなかったら、放っていくぞ」彼はエールの残りを飲み干し、出港準備をしに出ていった。

アナベルはセオに向き直った。その笑みがあまりに明るいので、セオは胸が痛くなった。

「予想以上にうまく進んでいるわ」

そのとおりだ。船長が強欲なことを除けば、いまのところは運に恵まれている。その運がつづくことをセオは願っているが、彼はいままであまり幸運だったことはない。

宿屋に着く直前、セオの耳に声が飛びこんできた……彼の名前を叫んでいる。ふたり分の声。セオは狼狽した。

振り返ったとき、目の前の光景にうろたえてぽかんと口を開けた――ジョージーナとエレノアがハイランドポニーにまたがっている。ピンのゆるんだ髪を振り乱して大通りを駆けてきた。

ふたりとも、まさしく未開人に見える。

だが、ジョージーナが自分たちから三メートルもないところで突然馬を止めたとき、彼の狼狽はすぐさま恐怖に取って代わった。

ジョージーナは二、三度すばやく浅く呼吸したあと話しだした。「あの人が来るわ。子爵よ。こっちに向かっているの」

25

「どういうことか説明しろ」セオは妹たちをうながして宿屋の階段をのぼらせ、部屋に入れた。

「夜が明けてすぐ、子爵がまたリンモア城に来たの」ジョージーナの息はまだ少し荒い。「アナベルにもう少し訊きたいことがあると言ったわ……。わたしたちにできることはなにもなかった。アナベルは出かけたと言うしかなかったの」

「あの人はすぐに疑いを抱いたみたい」エレノアが言う。

「わたしたち、アナベルはフォート・ウィリアムまで出かけたと答えたのよ。それで、出ていった彼のあとをつけたの。どの方向に行くのかと思って……」ジョージーナは唾をのみこんだ。「そうしたら、あの人は荷馬車の轍《わだち》をたどった。こっちに向かったのを見届けて、わたしたちはそっと城に戻ったのよ」

「どうしてあいつより先に来られたんだ？」

「実はね」ジョージーナは少し後ろめたそうにもじもじした。「彼はちゃんとした道を通ったけれど、わたしたちは近道をしたの」

沼だらけのムーアを横切って。セオは怖い顔になった。命の危険を冒したことについては、あとでふたりを叱っておこう。しかしいまは、これからどうすべきかを考えねばならない。

「子爵がオーバンまで来るのに、あとどれくらいだ？」

ジョージーナとエレノアは顔を見合わせた。「十五分くらいかしら？　二十分？」

「まだフィオーナたちを船に乗せる時間はあるかもしれないわ。急ぎましょう」アナベルは言った。

「それと、ウェストバラが来ないか見張っておく人間が必要だ」セオが付け加える。

「わたしがするわ」ジョージーナの目は興奮できらめいている。自分はなんの因果で、身の危険を顧みようとしない無頓着な妹を持つことになったのか、とセオは考えた。「なにか合図がいるんじゃない？　そうだ……あの人を見たらタゲリの鳴き声を出すわね」

セオは髪の毛をかきむしりたくなった。「タゲリの鳴き声とはどんなものだ？」

「セオ兄さん」エレノアは咎めるように言った。「わたしたち、何週間もかけて田舎を旅してきたでしょ。なのにタゲリの鳴き声を知らないの？」

「そんな問題が試験に出るとは知らなかったからな」セオは皮肉っぽく返した。

「やってみるわ」ジョージーナは深く息を吸い、〝ピーウィー〟と聞こえる甲高い声を出した。「単に〝イー〟とだけ鳴くこともあるけど」

セオはあっけにとられた。「まるでほんものの鳥の声だ」

「これならうまくいきそうよ」アナベルがちらりとセオを見た。

彼は大きくため息をついた。「よし。ジョージーナが見張り役を務める。エレノア、おまえも一緒に行け。眺めのいい高い場所を見つけろ。ただし人からは見えないところだぞ」

「あたりまえじゃない」ジョージーナが言い、エレノアはにやにや笑った。

セオはふたりの後ろ姿を見送った。動悸は激しい。「船が出る前にやつが来たときどうするかは、まだ決まっていない」

アナベルは彼の肘に触れた。「道々考えましょう」

「では急ごう」

数分後、セオとアナベルはロバートを妹たちとともに見張りにつかせ、フィオーナとメアリーを連れて海岸まで行った。遅れてきたほかの乗客数人が小舟に乗りこむあいだ、アナベルは妹を抱きしめ、屈みこんで姪の体に腕を回した。セオはその光景から顔を背けた――その瞬間アナベルの顔に浮かんだ苦悩を見て、彼自身も腹を殴られたような痛みを覚えたのだ。

「一緒に来ないの、ベル伯母ちゃん？」

アナベルは首を横に振り、強くまばたきをした。「いまは行けないの。いつか会いにいくわね」

セオははっと息をのんだ。アナベルがリンモア城を去ると想像したとき、彼女がスコットランドのどこかにいることを思い描いていた。まったく別の島に行くのではなく。とはいえ、どちらでも同じことだろう。アイルランドに比べてエディンバラがハイランドからそれほど近いというわけでもない。少なくとも、はっきり違いが出るほどの近さではない。

「さよなら、セオドロス」メアリーはセオに駆け寄って脚にしがみついた。

訂正することもできた。ほんとうの名前はセオドロスではないと言うこともできた。けれどセオは、そんな気持ちになれなかった。黙ってぎこちなく少女の背中を軽く叩いていると、やがて母親が少女を引き戻した。「もう行くわよ」

「さようなら」彼の後ろからアナベルがそっと言う。

新天地に向かう船まで行く小舟にフィオーナとメアリーが乗りこんだ直後、オーバンの大通りから音が聞こえてきた。くっきりして明瞭で、驚くほど真に迫った音。

〝ピーウィーー！〟

26

小舟の漕ぎ手が櫂を水に浸けたとき、アナベルとセオはうろたえて顔を見合わせた。追っ手はすぐ近くまで迫っている。すぐ近くまで。フィオーナと娘は自由への一歩手前にいる。束の間逡巡したのち、アナベルは走りだした。足をもつれさせながら、オーバンの町を構成する三日月形に並んだ建物のほうへ向かう。直後にセオもあとを追った。「追っ手の気をそらすのよ。ふたりが船に乗りこむまで、わたしたちで引き留めておかないと」

セオは初めてオーバンに来たときすでに建物や路地をじっくり見ていたし、さっき海岸へ向かうときも再度よく見ていた。「少し先へ行ったところに廃屋があるから隠れろ。大通りのちょっと手前、道の左側だ」

「あなたは?」

「あいつがきみや妹さんを見つけないようにする」セオは杖をきつく握りしめた。必要なら武器として使うつもりだ。

アナベルはためらっている。

「行け」セオはきつく言った。

彼女は身を翻し、セオの指示した建物に向かって突進した。かつては厩舎として使われていたようだが、いまは屋根の穴が荒廃ぶりを示している。セオは帽子を目深にかぶってできるかぎり顔を隠し、大通りへと歩きつづけた。

心臓は激しく打ち、緊張で手は震える。それでも自分を律することはできているつもりだ。急いでなにか考えねばならない。フィオーナとアナベル両方の安全を確保するため、しばらく子爵の気をそらしておくのだ。なんとかして子爵の乗っている馬を怯えさせられたら……。

一歩前へ。また一歩。頭がぼうっとしてきた。

セオは歯を食いしばった。集中せねばならない。だが、雲の後ろから顔を出したばかりの太陽に照らされ、後頭部は焼けるように熱くなっている。これほど北の地域には珍しい暑さだ。夏のスペインやポルトガルの戦場と同じような直射日光が差している。うなじに汗が流れ落ちる。胸が苦しくなり、彼はたじろいだ。

一匹のハエが大きく単調なブーンという音をさせ、耳のそばを飛んでいった。

のちに考える時間ができたとき、セオはこの皮肉を思うようになる——常にきわめて用心深く慎重に行動していた自分が、結局肝心のときには無防備だったことを。いまこの瞬間、彼を地獄に引き戻そうとしているものから身を守ることはまったくできなかった。太陽は熱く、汗は首筋を流れ、ハエはブンブンと飛ぶ。いったん自分は大丈夫だと思っても、次の瞬間には大丈夫でなくなった。腹に恐怖がわき起こって鋭く激しい痛みをもたらす。体が痙攣し、セオは膝から崩れ落ちた。

どこかに隠れないと銃弾を浴びてしまう。自分はなぜこんなに身をさらけ出しているのだ？　セオは必死で匍匐《ほふく》前進した。体が震え、歯がカタカタ鳴る。安全な場所まではまだまだ距離があり、行きつけそうにない。敵の叫び声やザッザッという足音が聞こえてきて全身に鳥肌が立つ。敵は大勢だ。自分はマスケット銃を持っていない。やつらはセオを殺すか捕虜にするだろう。

いずれにせよ、セオは死んだも同然だ。

恐慌に駆られて土の地面を見おろす。これが、背中から撃たれて殺される前に見る最後のものだろうか。大地を見ながら、自分はもっと優秀な兵士であるべきだったのに、そばにいる仲間を守れなければならなかったのに、と思いにふけった。そのために、二十メートルも離れていないところでウェストバラ子爵が直前にアナベルが逃げこんだ厩舎に入っていくのが見えなかったのだ。

アナベルは暗い馬房の中に立っていた。厩舎の扉が開いた。セオだと思ったけれど、屋根の割れ目から差しこむ陽光に照らされた男性はセオではなかった。

子爵を見たとたん、アナベルは胸が悪くなった。彼は唯一の出口をふさいでいる。怒りとあからさまな疑念の表情は、彼の顔を醜く変えていた。

アナベルは身を縮めて土の地面を探った。すると、ここで働いていた職人が置いていったらしい木の板に手が触れた。

「ここにいるのはわかっているぞ」

子爵は静寂の中に足を踏み入れた。

「おまえがあいつを殺したのは、みんな知っている。逃げたことで、おまえはいっそう不利な立場に追いこまれた。しかし、もう逃げられないぞ」

アナベルはなんとか声を抑えた。子爵は彼女をフィオーナだと思いこんでいる。彼は厩舎に逃げこむマント姿の女性を垣間見ただけなのだ――もしかするとひと筋の金髪も。

「おまえの姉が手助けしているのも知っている」子爵は苛立って叫んだ。彼はフィオーナが武器を持っているかもしれないと思っているのだろう。でなければ、こんなふうに躊躇しないはずだ。「自ら進んでわたしと一緒に来て牢屋に入るなら、姉の罪は見逃してやるぞ」

進んでであろうとなかろうと、アナベルは子爵と一緒にどこへ行くつもりもない。フィオーナの安全が確保されるまで、彼の気をそらしておかねばならない。アナベルは木の板をしっかり握った。子爵はベストのポケットから拳銃を取り出して撃鉄を起こした。カチッという音は静かな中で耳をつんざくように大きく響く。

アナベルはなんとか呼吸の速度を落とした。ゆっくり吸い、ゆっくり吐く。彼に聞こえないよう静かに。彼が近づいてくるのを待つあいだ、心臓は胸骨にぶつかるくらい激しく拍動していた。

子爵は拳銃をかまえて一番目の馬房をのぞきこんだ。アナベルがいるのは四番目だ。

子爵があとずさり、二番目の中を見る。

彼が三番目をのぞこうと身を屈めたとき、アナベルはそっと進み出た。彼の横まで来て上体を起こし、彼が振り向く前に木の板を振りあげて側頭部を強打した。子爵は目を閉じて崩れ落ち、ドサッという鈍い音を立てて地面に倒れた。額の脇の切り傷から鮮血が流れ出る。アナベルの手から板が離れた。板は彼女の胃袋と同じ速度で落下して足元に落ち、砂煙をあげた。

一歩前に踏み出す。さらに一歩。子爵は動かない。まるで……死んでいるようだ。おずおずと屈みこみ、指が子爵の唇に触れる寸前まで手をおろす。指先に子爵の息がかかった。もう一度。息遣いは遅いが着実で強い。死んでいない。意識を失っているだけだ。アナベルはほっと胸を撫でおろした。

極力足音をたてないようにして彼から離れ、厩舎から側道に走り出てセオを捜した。彼はある建物の石壁に背中を預けて地面に座りこんでいた。曲げた膝を胸につけている。自分をできるかぎり小さくしようとするかのように。顔は両手で覆っていた。

「セオ」アナベルはそっと声をかけた。痛ましさに胸が詰まる。手を触れて彼を驚かせたくなかったので、名前を呼ぶだけにした。彼に聞こえるまで何度でも。

セオはようやく顔をあげた。じっとり汗ばんだ肌は青白く、いまにも嘔吐しそうだ。

「わたしよ」アナベルは彼の肩に手を置いた。セオは身を縮めたものの、そこでやっと目の焦点が合ってアナベルに向けられたので、アナベルは安堵のあまり泣きたくなった。

「なにが……」セオの声はしわがれている。彼は唇を舐め、まわりを見わたした。「なにがあったんだ?」

「なにも」アナベルが杖を渡すと、セオはよろよろと立ちあがった。「あなたは無事なのよ、セオ。無事なの」

セオは一瞬固まったが、そのあとアナベルの顔を手で包んで彼女を驚かせた。そっとやさしくアナベルに上を向かせ、目をのぞきこむ。「きみは無事なのか？」

アナベルはうなずいて微笑んだ。とはいえ、さっきの子爵との対決で手はまだ震えていた。

「行かなくちゃ」

宿屋に戻る道から湾を見おろすと、小舟はなくなっていた。妹と姪を乗せた船は帆を張り、どんどん速度をあげて陸地から遠ざかっていく。

アナベルの目から涙があふれて視界が曇った。家族は無事だ。ついに安全になったのだ。ふたりは宿屋から荷物を取ってセオの弟妹と落ち合った。ジョージーナとエレノアはハイランドポニーに乗って荷馬車を先導した。今回はロバートが荷馬車を操り、アナベルはセオの隣に座った。ふたりは重く黙りこんでいた。

移動を始めたときまだぼんやりしていた彼の目つきは、徐々に澄んで鋭くなっていった。一時間ほどはなにも言わなかったが、そのあと唐突に口を開いた。

「ウェストバラはどうなった？」

「それは……なんとかなったわ」

セオの顔が険しくなる。「どういう意味だ？」

ロバートが興味深げにちらりと後ろを見たが、発言はしなかった。

アナベルは唇を噛んだ。「彼はわたしを追って厩舎まで入ってきて……それで、わたしは……あの、木の板で殴ったの。わたしが出てきたとき、彼は意識がなかったわ」

セオの視線が感じられる。それは怒りで白熱している。アナベルはしぶしぶ彼に目をやった。「それをいつわたしに話すつもりだったんだ?」

「話すつもりはなかったわ。少なくとも今日のうちは。あなたに心配をかけないほうがいいと思ったから」

セオが鋭く息を吸う音が聞こえた。

だが口を開いたとき、セオの声に感情はなかった。不注意な言葉でアナベルが彼を傷つけたとしても、彼はそれを表に出さなかった。「わたしには耐えられないと思ったのか?」

「そういう意味じゃないわ」

「誰かに顔を見られたか?」

アナベルにはセオの考えが読めた。「いいえ。ずっとフードをかぶっていたから」いま初めて口元がほころんだ。「ウェストバラも、わたしだとは気づいていなかったわ。彼はフィオーナを見つけたと思っていたの」

セオは返事をしない。「わからない? フィオーナは行ってしまった——子爵を襲った罪でつかまることもない。たとえ彼が質問をしてまわったとしても、オーバンでわたしを見た目撃者は見つからない。事件は終わったのよ。子爵がどれだけ腹を立てて、どれだけわたしを脅したとしても、実際にはなにもできないの」

格別でこぼこの場所に差しかかって荷馬車がガタガタ揺れ、アナベルは隣にいるセオに倒れかからないようにするため座席にしがみついた。

セオの顔にさまざまな感情がよぎった――苛立ち、不安――が、最も痛ましいのは罪悪感だった。アナベルの胸が痛くなる。「あなたのせいじゃないわ」ロバートに聞こえないよう声をひそめた。

「わたしのせいだ」セオは語気荒く言った。「やつはすぐそこにいた。なのにわたしには、やつが見えていなかった」

「いいのよ。わたしは無事だから」

「やつはきみに危害を加えるかもしれなかった。きみはつかまって牢屋に放りこまれたかもしれなかった」

「でも、そうはならなかったわ」アナベルは必死で言い募った。なにか変だ。なにかが彼女を怯えさせている。いままで、セオがここまでよそよそしく感じられたことはない。彼はアナベルを見もしていない。顔を前に向け、目はなにも見ていない。

「わたしがきみを守るべきだった」

「自分の身は自分で守れるわ」

「いったいどんな男なんだ」セオの口調は荒々しい。「なんの理由もなく崩壊するとは？」

アナベルはセオの口調に戸惑い、呆然と見つめた。「どうしてそこまで自分にきびしくするの？　いまフィオーナとメアリーが無事にいられるのは、あなたが助けてくれたからだわ。すべてうまくいったのよ」

それでもセオは怒りの形相を崩さなかった。「きみに、わたしをかばう義務はない」

アナベルがなにを言っても、事態をいっそう悪くするだけらしい。昨夜のこと、欲望の輝きや快楽の約束に満ちた夢のような一夜が遠い昔みたいに感じられる。あの時間が果たして現実だったのかどうかもわからない。「かばっているんじゃないわ。あなたがわたしになにを言ってほしいのか、ちっとも理解できない」

セオはきつく歯を食いしばったまま首を横に振った。体のそれ以外の部分はぴくりとも動かない。

アナベルはふたたびセオの視線をとらえようとした。だがセオはまっすぐ前を向いている。彼が自分の殻に閉じこもろうとしているのが感じられ、アナベルは彼を引き戻そうとした。

「なにを……」口の中で舌が重く感じられる。「なにをわたしに求めているの?」

沈黙の中、重く、無情で、苦悩に満ちた言葉がひとことだけ発せられた。

「なにも」

その後セオがふたたび口を開くことはなかった。

27

数日後、ロバートはオーバンへ行き、ウェストバラ子爵は頭への打撃で重傷は負わなかったらしいとの知らせを持って戻ってきた。オーバンでは子爵が頭を殴られたという話すらロバートの耳に入らなかった。この件について誰もよく知らないことからすると、ウェストバラは女性に殴り倒されたとの噂を広められたくなかったのだろう。彼が聞けたのは、子爵は船が出港した日の夜にオーバンを発つところが目撃された、という話だけだった。

運がよければ、子爵は敗北を悟って自分の領地に戻っただろう。

アナベルは毎日身を硬くして、セオの弁護士からの手紙を待った。すべてに終わりを告げる手紙を。

セオは極力アナベルを避けていた。夜明けから夕暮れまで城を離れて過ごし、夕食は自室で取った。夜中に目覚めたとしても、部屋から出ることはなかった。眠れぬ夜を過ごしていたアナベルは毎夜城の中を歩きまわったけれど、セオとは会わなかった。彼女はできるだけ気にしないようにした。

でも、そんなことは無理だ。

アナベルの思いは、必然的にふたつの忘れられない記憶に向かうのだった。

ひとつは宿屋で彼の部屋を訪ねた夜の記憶。ふたりの交わりは強烈で、張り詰めていて、激しく、親密なものだった。セオがアナベルに好意を持っているかどうか彼女に確信がなかったとしても、あの秘めた瞬間によって確信は得られた。欲情は多くのことを説明できるけれど、最後の数秒間セオが死んでも離さないとばかりに彼女を強く抱きしめたことは、欲情では説明できない。

けれどそんなすばらしい記憶も、そのあとのもうひとつの記憶には凌駕される。セオの顔に浮かんだ強い決意。険しい口調。そしてたったの一語――〝なにも〟。終わりを示すような言葉。

アナベルがセオに話しかける決意を固めるのには、とてつもなく長い時間がかかった。でも、これ以上こんなままではいられない――自信を持てず、不安を感じ、怯えている状態では。なにかしなければならない。とにかくなにかを変えねばならない。

ある夜、セオの部屋まで行って軽く扉を叩いた。心臓は喉元までせりあがっている。手の震えを止めているのは、心の奥底から絞り出してきた強い意志だけだった。

応答したセオはきちんと服を着ていた。まったく眠るつもりがないかのようだ。目にはくまができ、顔は青白い。アナベルが感じているのと同じくらい具合が悪そうだ。

「話をしたかっただけなの」動かず部屋の入り口でたたずんでいるセオに、アナベルは言った。

一瞬のためらいののち――アナベルの心がつぶれそうになった一瞬ののち――セオは横に動いた。沈黙は耳が痛くなるほど重くのしかかってくる。

アナベルは深呼吸をして両手を握り合わせた。ここへは彼の正直な思いを聞くために来た――だから自分も正直になろう。彼女から口火を切らねばならない。「実は……わたしはあなたと一緒にいたいの、セオ」

セオは目をぱちくりさせた。なにを予測していたにしろ、こういうことではなかったらしい。

アナベルは早口でつづけた。いますべてを言わなかったら勇気をすっかり失ってしまうのはわかっている。「ずっと前から望んでいて、あきらめられない。わたしはすべてが欲しい……あなたのすべてが」

そのことを自覚したのは、セオを愛していると気づいたあとだった。以前なら愛情のかけらで満足し、自分にはそれ以上を受け取る資格がないと思っただろう。でもそれは伯母がここに住まわせてくれる前、しかもセオがアナベルの欲張りな心を目覚めさせる前のこと。自分には与えられてきたよりも多くを受け取る資格があると感じるようになる前のことだ。

「わたしを愛していながら怖がってそのことを考えようともしない男性と、あわただしく交わっただけで終わりたくない」

セオがごくりと唾をのむと、喉仏が動いた。それ以外の体の部分は不自然なほど静止している。

「正直言って、あなたは健全じゃないわ」

セオは青ざめた。その瞬間の苦痛を彼の心から取り除けるなら、アナベルはなんでもしただろう。それでも、いま言った言葉を取り消すつもりはない。たとえ取り消すことが可能だったとしても。

「わかっている。だからこそ……きみとは一緒になれないんだ」

アナベルは首を横に振った。「そんなの理由にならない」

セオの表情が変化し、わずかな怒りが浮かんだ。苦痛だけよりも、そのほうがいい。「わたしはどうすればいいんだ？　発作は止められない。わたしだって止められるものなら止めたいんだと、きみは思わないのか？　きみのために健全な人間になれるものならなりたいんだと？　わたしは決して逃れられない地獄に閉じこめられていると感じている」

涙をこらえるため、アナベルは深く息を吸った。「前から考えていたことがあるの。以前ここに旅行者を泊めたことがあって、そのひとりが話をしてくれた。彼は若いころ追いはぎに襲われて持ち物を奪われたんですって。その後何カ月間も怯えて暮らした。ちょっとしたことにびくびくした。のちに、その人は奥さんと一緒に襲われた場所へ行った。そのとき、ようやく心が楽になったそうよ」

セオは笑った。辛辣で険しい笑い声に、アナベルはたじろぎそうになった。「それはよかったな。だがわたしは追いはぎに襲われて持ち物を奪われたわけじゃない。それに、大陸を歩きまわって、まだ戦いが進行中の戦場を訪れることもできない」

「わかっているわ。その人に効果があったからといって、同じことをすればあなたにも効果があるわけじゃないのは知っている。その人の経験はあなたのとまったく違う。だけどセオ、あなたがいましていることも、なんの助けにもなっていないでしょう。わたしは、ほかのことで気を紛らせたら、あなたの心が少しは安らぐかと思った。馬での競走やゲームといった楽しみがあれば、なんとかなるかもしれないと思った。でもそういうものは、短期間だけ闇を追い払ったにすぎなかった。最後に二、三時間以上眠ったのはいつ?」

セオが答えないので、アナベルは話しつづけた。「あなたは悩みを自分の中に閉じこめている。あらゆるものを内に押しこめている。それをわたしや弟さんや妹さんたちに触れさせたくないから。わたしたちのために、それを封じこめていられると思っている。だけど、圧力をかけすぎたら瓶だって爆発するわ。わたしは……あなたのことが心配なの。みんな心配している」

「しなくていい」セオはまったく動かない。アナベルの予想以上に身を硬くしている。アナベルは狼狽しはじめた。

「わたしにはなんでも話してくれていいのよ。あなたはわたしを助けてくれた。だから今度は、わたしにあなたを助けさせて」

「だめだ」セオの声には険がある。「それは同じことじゃない。わたしはきみの助けを求めていない」

「じゃあ、わたしじゃなくてもいい」アナベルは絶望に駆られていた。「ロバートはどう? 彼なら喜んであなたの話を聞いてくれる。それとも……それとも別の兵士。あなたの苦境を理解してくれる――」

「この話は終わりだ」彼の声は冷たい。アナベルが聞いたこともないほど冷たい。それは彼女を骨の髄まで凍えさせた。

アナベルはセオを失おうとしている。彼はアナベルがつかんでおけないほどすばやく逃げていこうとしている。

「だったら……だったら、ただそばにいさせて」アナベルはささやいた。「この何日か、あなたが恋しかった」セオは答えず、表情はこの上なく冷たいままだ。するとアナベルの口から言葉が転がり出た。求められてもいないのに、不注意に、でも心の底から正直に。必死の懇願をこめた最後の言葉。「愛しているわ」

セオは動かない。なにも言わない。表情はない。「だめだ」彼の声はうつろで感情がない。そして決定的だった。

アナベルの心がパリンと割れた。

ほかになにを言っていいかわからない。セオが自ら譲歩してくれないかぎり、どうすれば彼を動かせるのかわからない。アナベルは彼に対して率直になる以外に方法はないと考え、率直になった。彼の前で心をむき出しにして見せた。それでも彼はまったく応じてくれなかった。

アナベルは力なく、ぎこちなくうなずいた。唾をのみこもうとしたけれど、喉は乾燥して張りつき、唾すら通りそうにない。泣いていないのがせめてもの救いだ。事態をこれ以上悪くしうるのは、手に負えない涙だけなのだから。

あらためて両手をきつく握り合わせ、あとずさってセオから離れる。なにか言うべきだ。でも口から出たのは「もういいわ」だけだった。不器用な舌が感じているのと同じ、うつろな響き。

〝愛しているわ〟

もういい。

〝あなたを求めているの〟

もういい。

〝わたしを奪って。わたしの心を奪って。魂を奪って。すべてを奪って〟

もういい。

アナベルはセオの部屋からまっすぐ自分の部屋へ行った。動きは止まらなかった。ぼうっとしたまま荷づくりしているあいだも。今夜か明日にセオが見つけるであろう手紙を書いているあいだも。霧の立ちこめる夜の中に足を踏み出したときも。

ずっと止まらなかった。

28

アナベルが去ったのはわかった。いつものように落ち着かず苦しい夜を過ごしたあとセオが目覚めた瞬間、城は違って感じられた――ふだんより冷たく、暗く。抜け殻のように空っぽに。セオの心のようにむなしく。アナベルがセオに残した置き手紙を見つけるのに、時間はかからなかった。手紙は客間のテーブルの彼がいつも座る場所、以前彼女がナックルボーンズの勝負を挑んできた場所にあった。

折りたたまれて、なにもないテーブルにぽつんと置かれた紙を見つめる。まわりの静寂を感じて泣きたくなった。

〝セオ

住むところは自分で見つけました。あなたが城から追い出したがっているのがわたしなのはわかっています。貯金なら少しはありますから、それについては心配しないでください。できればフランセス伯母様はこのままリンモア城に住まわせてあげてください。伯母様はわたしたちの誰よりも長くここで暮らしているのですし、ここは誰よりも伯母様の家なのですから〟

それだけだ。アナベルは署名もしていなかった。

セオは不可解な、心の底からの動揺を覚えた。非常に大切なものを失ったという気がする。ぜったいに取り返せないものを。

しかし、このほうがアナベルは安全でいられる。幸せになれる。そのはずだ。なんの意味もなく彼女を追い出したのだと思ったら、セオは完全に壊れてしまう。

彼はロビンに鞍をつけ、長時間猛烈な速度で駆けさせた。アナベルが妹の秘密を明かしたときのように、泣きそうに顔をくしゃくしゃにしながらも背筋をぴんと伸ばして胸を張った、力強いと同時に弱々しくもある姿を、馬を走らせて忘れようとした。自分が言ったことを忘れようとした。あらゆるものを忘れようとした。

だが、忘れることがそう簡単でないのは、とっくの昔にわかっていた。

簡単に忘れられるくらいなら、いまセオはアナベルと一緒にいるだろう。

セオは突然手綱を引いた。アナベルが頻繁に馬を走らせて踏み固めた土の道から外れたことに気づいたのだ。馬を止め、大きく息をつきながら前方をじっと見つめる。

こんなふうに無謀に馬を走らせていたら、まっすぐ沼に突っこんだかもしれない。

彼は身震いして体を屈め、頭をロビンのたてがみに押しつけた。それで荒れ狂う感情が少しはやわらいだ。肩の古傷が痛む。何週間も痛みはなかったのに。新しい傷でもないのに肉が焦げてちぎれるように熱くなり、彼を苦しめる。

あたかも、アナベルが言葉によって彼の壁の一部を打ち壊したかのようだ。

彼女と過ごした時間を夢でふたたび味わえれば、それで充分ではなかったのか？　どうして彼女はセオの心から血を流させたがる？　どうして彼を無防備にさせたがる？

アナベルはセオの思い出を知りたがった。しかしその話を聞いたら、彼女は嫌悪を抱くだけに終わっただろう。尋ねたことを後悔しただろう。

自分はなぜ彼女に愛してはいけないと言った？　なぜ彼女を傷つけるとわかっていることを言った？

理由はわかっている。臆病者だからだ。アナベルに心を切り裂かれる前に、彼女の心を切り裂いたのだ。彼女に心の内を知られて背を向けられる前に。

セオはアナベルを苦しめた。そのことが悔やまれる。

だが、彼はこれまでにも人々を苦しめてきた。数えきれないほど多くの人を。敵を殺した――そして仲間を見殺しにした――妻や親や兄弟や姉妹や子どものいる男たちを。よりによってなぜセオひとりが生き残ったのかわからない。自分が彼らの犠牲に値するとは思わないし、その重荷には耐えられそうにない。

どれだけ追い払おうとしても、死者の亡霊は彼のもとから去ってくれない。

霊に取り憑かれた人間がほかにいるとしても、彼らはそのことを話さない。彼らはさほど気にしていないのかもしれないし、セオがおかしくて気にしすぎるのかもしれないし、彼らもセオと同じくらい気にしているけれど怖くてそれを認められないのかもしれない。

いずれにせよ、セオはひとりきりだ。

アナベルがひとりきりなのと同じように。彼女はセオに対して思いを素直に打ち明けた。なのにセオは彼女の心をずたずたに裂き、彼女が去るのを黙って見送った。どれだけアナベルを求めているのか打ち明けもせず。セオの愛は人の心を乱す恐ろしくて冷酷なものであることを話しもせず。彼女がどれだけ大切な存在であるかを言いもせず。セオはほかの輩と同じ悪人だ。アナベルにふさわしくなかった連中と。

深く息を吸う。

ああ、アナベルは彼を憎んでいるに違いない。

手綱を握る手が震えた。

「兄さん？」

セオは身を起こして顔の汗をぬぐった。

ロバートが馬で追ってきていた。三メートルほど後ろでじっと兄を見つめ、心配そうに眉間にしわを寄せている。

「アナベルは行った」セオに言えたのはそれだけだった。

「わかっている。ジョージーナとエレノアも知っている。手紙を見つけたんだ」セオが返事をしないので、ロバートはさらに言った。「ふたりとも兄さんに腹を立てているよ。兄さんがなにかしたんだと思っている」

セオは笑いそうになった。いや、彼はなにもしていない。それこそがアナベルを最も傷つけたのだ。

「このほうがいい。彼女はわたしと離れているほうがいいんだ」

ロバートは鼻を鳴らした。「そんなこと、自分でも納得していないだろう?」

セオは弟をにらんだ。

ロバートは首を傾けた。「ぼくは昔から、兄さんがちょっとうらやましかった」

セオには意外な言葉だった。彼のほうこそ、昔からロバートを少しうらやんでいた——ロバートはなんでも簡単にやってのけた。友人をつくり、人に好かれた。言葉では説明しにくいが、弟には人を引きつける性質がある。セオに欠けている性質だ。

「兄さんは錨だった。いまでもそうだ。兄さんが軍隊に入ったときも、ジョージーナとエレノアは兄さんを非難しなかった。ぼくみたいに兄さんに憤慨することはなかった。ぼくだって憤慨はしたけど、欠けているピースがあるのはわかっていた。兄さんが帰還しないかぎり取り戻せないピースだ。留守にしているあいだも、兄さんは頼りにできる存在、みんなを支えてくれる存在だった。脚を負傷するまで、兄さんは手紙を書きつづけてくれた。怪我のあとも、書けるようになったらすぐ書いてくれた」

セオはなにも言わない。

「兄さんは善人だよ」ロバートは吐息をついた。「どうしてぼくがわざわざ言う必要があるのかわからないけど、家を出たとき兄さんは善人だったし、帰ってきたいまもやっぱり善人だ。兄さんが信じてくれるまで、ぼくは何度でも言うよ」

弟の言葉にセオは考えこんだ。長年、自分を善人だなどと思ったことはなかった。

「父さんと母さんがどんなに幸せだったか覚えている？　母さんが自分より身分の低い相手と結婚したのを一度も後悔しなかったことを？　ふたりが一緒にいるときいつも笑っていたことを？　兄さんにも、父さんと母さんみたいな結婚をする機会があるんだよ。どうしてその機会を逃そうとするんだい？」

セオはきつく手綱を握った。その機会は逃したくない。

「アナベルはそれに値しないの？　兄さんのほうが値しないの？」

「わからない」セオは小声で言った。「自分の心を切り開くことなく彼女と一緒にいられるかどうか」

「だったら切り開けよ」ロバートはそっけなく言った。

セオはアナベルと会って彼女にすっかり欠陥を見抜かれることを想像した。あの緑の目が暗くよそよそしくなることを想像した。彼女の愛が灰のように燃え尽きることを想像した。

過去の記憶をひとつずつ追想して自分が生きていけるかどうかわからない。しかしアナベルの言ったことは正しい――記憶を追い払おうとしても効果はない。それに、永遠に殻に閉じこもっているのは不可能だ。殻を破って外に出たところにアナベルがいるのだから。彼女に憎まれたら生きていけないのは明らかだ。アナベルの見さげ果てた親戚たちと同じように彼女を邪魔者扱いした自分を、セオは許すことができない。

けれどセオの悩みをすべてアナベルに背負わせたくはない――彼女はすべてを背負えるほ

ど強いけれど、これはセオの心の闇だ。セオには自らそれに対処する責任がある。アナベルを迎えにいきたい……完全に癒えた人間としてではないだろう。癒えるにはどれだけ長い時間がかかるかわからない。だが、少なくとも希望を持った人間として。

ただ、自分がいずれは回復するのかどうかを知りたい——アナベルに身を捧げたとして、それが無意味な行為、うわべだけ立派に包んだ空っぽの荷物ではないことを確信したい。アナベルには、彼女を愛することを恐れない相手との生活や将来がふさわしい。

しかし、過去を見つめ直す作業をセオひとりでできるとは思えない。

プライドは強みになることもあるが、弱みになることもある。

「力を貸してくれるか?」セオは張り詰めた声でロバートに尋ねた。

ロバートはうなずいた。「やってみるよ」

彼は手綱を引き、ふたりは並んでリンモア城へと戻っていった。

29

「彼女はどこですか？」約三週間後、セオは尋ねた。

客間で午後の陽光を浴びながら刺繍をしていたフランセスは、顔をあげてにっこり笑った。

「ロード・アーデン」愛想よく言う。「ずいぶん久しぶりだね」

「忙しかったんです。彼女はどこです？」無礼なのはわかっているけれど、どうしようもなかった。アナベルなしで過ごす三週間、朝起きても彼女と会えない約二十一日間、彼女と会えず、話せず、笑い声も聞けないとわかっている毎日は、はらわたをえぐられるような苦痛だった。どうしようもなくアナベルが恋しい。彼女のいないリンモア城は意味がない。まるで抜け殻だ。

フランセスも同じように感じているだろう。

「姪のことかね？」

セオはうなずいた。

フランセスは刺繍道具を置いた。「どうして知りたいんだい？」

「結婚を申しこむつもりです。もし……もし彼女が受け入れてくれるなら」アナベルが拒む可能性は考えなかった。セオが行動に出なかったせいで、ふたりの絆が修復できないほど壊れてしまったという可能性は。

「ふうむ」フランセスは考えこんで言った。「あなたがまたあの子を傷つけないという保証はあるのかい？」

「傷つけません」

彼女は値踏みするようにセオを見つめた。彼の口調や態度から真意が伝わったらしく、フランセスは微笑んだ。

「あの子を愛しているんだね」質問というより断定する口調。

言葉が出ず、セオはうなずいた。

「安心したよ」フランセスは刺繍に戻った。

セオはぽかんとして老女を見つめた。

「協力していただけないんですか？」やがて彼は信じられないという顔で尋ねた。「アナベルがどこにいてもかまいません。世界の果てまでも追いかけます」それは心の底からの言葉だった。

「ロード・アーデン、姪を愛しているなら、あの子の心をよく知っているはずだ。あの子がどこにいると思うんだね？」

セオはアナベルがエディンバラかグラスゴーに行ったと思っていた……。妹を追ってアイルランドへ向かったという可能性もある……あるいは――。彼ははっとして、細めた目でフランセスを見つめた。違う、彼女がそんなところへ行ったはずはない。

ここがアナベルの家だ。ここがアナベルの世界だ。ここがアナベルの心のありかだ。この城。いや、城だけでなく、この土地そのもの。

しかも、アナベルが自分を躊躇なく無条件に受け入れてくれた唯一の人間を捨てるはずがないことにも、セオは思いいたるべきだった。猛烈な忠誠心を持つアナベルはそんなことをしない。

「ここにいるんですね」

「ほう」フランセスは言った。「完全に絶望的というわけじゃなさそうだ」

セオは深呼吸をし、できるだけ愛想よく言った。「どうか正しい方向を指し示していただけませんか？」

「放置された小屋のどれかだよ、北のほうの」

セオはすでに歩きだしていた。

30

アナベルが散歩から帰ってほんの一、二分後、扉が軽くノックされた。イアンはときどき彼女の持ち物を届けてくれるけれど、すでに今朝一度立ち寄っているから彼ではないだろう。扉に伸ばした手が震える。心は暖かな風に乗る鳥のように飛翔する。来る日も来る日もセオに会いたくてたまらない。

ああ、彼が恋しい。もちろん、恋しくなるのはわかっていた。ただ、ここまで絶えず激しい心痛に襲われるのは予想していなかった。

いずれ彼に見つかるのはわかっている。急いで城をあとにするとき、伯母とリンモア城から完全に離れることはできなかった。これが唯一考えられる解決策だった。もしセオがここにいるアナベルを発見してまだ彼女を追い払いたいと思っているなら、自分は出ていくつもりだ。でも同じ屋根の下にいるわけではなく、近くにもいないのだから、彼が望むならアナベルを無視しつづけることもできる。

そしてアナベルの一部分、愚かな小さい部分は、希望を抱いている。もし彼に充分な時間を与え、彼を追い詰めずにいたら——。

アナベルはそんな部分を強引に抑えつけた。自分がなにを求めているかはわかっている。セオが自らをアナベルの愛に値する人間だと思わないかぎり愛を受け入れないこともわかっている。戦争で壊れた自分自身には愛される値打ちがないという思いを彼が克服するまでは、受け入れることはできないだろう。

それをアナベルが強制することはできない。これはセオが自発的に行わねばならないのだ。アナベルはノブをつかんだ。たぶんイアンだ、と自分に言い聞かせる。たぶんイアンは今朝届けものをしたときなにかを忘れていたのだ、と。

ところが扉の向こうに立っているのはイアン・キャメロンではなかった。セオでもなかった。ウエストバラ子爵だ。憔悴し、顔色は悪く、やつれている。アナベルは息をのんだ。彼はリンモア城に行く途中の道で、小屋に向かうアナベルを見かけたに違いない。アナベルはノブに体重をかけ、全力で彼を押し出そうとした。必要なら声をかぎりに悲鳴をあげようと身構えた。

「中に入らせてくれ」

アナベルが返事をしないでいると、子爵は怖い顔になった。「きみを牢屋に放りこむこともできるのだぞ」

「なんの罪で?」しっかりした声を出そうとしたものの、声は震えていた。

「あのあとの記憶は曖昧だ。しかしあの日、きみはあそこにいた。いたはずだ」子爵はアナベルを見おろした。「妹がわたしを殴ったあと、きみは妹を助けて船に乗せたのか?」彼は自分のこめかみを手で示した。白い傷痕がある。

「答えろ」黙っているアナベルに、子爵は怒鳴った。

アナベルは顎をあげた。「わたしの逮捕状をお持ちですか？」

彼は唇を引き結んでアナベルをにらみつけた。つまり逮捕状はないということだ。彼の脅しははったりだった。たとえ彼が影響力を行使して逮捕状を発行するよう法執行吏を説得したとしても、フィオーナが去り、アナベルがなにかしたという証人も証拠もない以上、裁判は時間の無駄になるだろう。

それでも、裁判までのあいだアナベルをじめじめした牢獄に入れておくため、子爵がなんらかの行動に出ないとは断言できない。

「答えるんだ」

アナベルは内心震えながらも、ありったけの力と反抗心をこめて彼の冷たく青い目を見返した。

「わたしはただ――」子爵の声がかすれた。「正義を求めているだけだ。もう手遅れなのだな？」

そのときアナベルは、これまで見えていなかったものを見た。子爵が怒りと要求と脅しによって隠していたもの。罪の意識が見える。悲しみが見える。傷ついた人間が見える。

「あなたが求めているのは復讐でしょう」

子爵は歯を食いしばり、無言で首を横に振った。

「わたしの妹がどういう人間かはご存じですよね」

「なにが言いたい？」

「妹にあなたの弟さんを殺すまっとうな動機がなかったとお思いですか?」

開いた戸口からは冷たい空気が吹きこんでいるが、ふたりとも動かなかった。今回黙りこんだのは子爵のほうだ。彼はアナベルの後ろに視線を向け、しばらくのあいだなにを見るともなくぼんやりしていた。「教えてくれ」やがて彼は言った。

アナベルはためらった。彼に真実を話せば、フィオーナと会ったのを認めることになる。けれど遠くを見る彼の目に、もはや必死さや怒りはなかった。この数週間のうちに消えてしまったらしい。復讐を求める相手が手の届かないところへ行ってしまったことを、彼はついに認めたのかもしれない。

それでもアナベルは彼に話したくなかった。知らせないほうが子爵に対して親切だろう。弟が子どもを階段から突き落とすような人間だと彼に知らせないほうがいい。コリンは死んだ。彼の醜さも彼とともに葬らせるべきだ。彼の家族には、自分たちが信じたい聞こえのいい嘘を信じさせておけばいい。

アナベルはそうしたかった。けれど子爵は返事を聞くまで帰ってくれそうにない。彼は理由を知りたがっている。真相を求めている。たとえその真相がつらいものであっても、アナベルに彼の望みを拒む権利はない。

「妹はこの世の中でなによりも自分の娘を愛しています」そしてアナベルは話した。フィオーナから聞いたことをそっくり告げた。

子爵の顔は、頬骨のいちばん高いところの赤みを除けば蒼白になった。目には抑えた怒りが見える。アナベルはノブをしっかりつかみ直した。「弟はそんなことをしない。したはずがない」

「どうしてわかるのですか？」

「女が嘘をついているのだ」

「たしかに、そういう可能性もあります」アナベルは譲歩した。

子爵はアナベルの抵抗を予測していたのだろう。彼女が無表情で落ち着いているのは予測していなかったはずだ。アナベルが怒りをぶつけてくるのを期待していたのかもしれない。そうすればアナベルが無分別なことを言っていると非難できるから。そうすれば彼女の話が真実である可能性について考えずにすむから。

彼はごくりと唾をのんだ。「遺体を調べた外科医は、弟は即死ではなかったと言った。銃弾は肺に食いこみ、弟は息をしようともがきながら出血して死んでいったそうだ。弟はそんな仕打ちを受けるほど悪いことをしたと思っているのか？」

アナベルは他人がどんな仕打ちにふさわしいかを決める立場にはない。けれど苦悩に満ちた質問を聞いたとき、子爵に対するアナベルの見方が変わった。彼は弟を守れなかったのだ。アナベルが妹を守れなかったように。それは同じことなのか？　子どものころ、コリンは膝をすりむいたとき慰めてもらうため兄のところへ走っていったのか？　なにか新しいことを発見したとき、興奮した顔で兄のもとへいちばんに駆け寄ったのか？

成長し、兄弟が離れて住むようになってからも、子爵はそういう親近感や親密さや愛が義務とまざり合った不思議で不可解な感情を覚えていたのか？

胸の痛むようなこの責任感は、アナベルと子爵に共通しているのか？

子爵の頭の中をめまぐるしく駆けている思いが、アナベルには見えるようだった。彼が見逃していた兆候があったのだろうか。ちょっとしたこと、ささいな残酷さ、それだけではたいして意味がないけれど積もると大きな意味を持つこと。

次の質問を発するとき、子爵は死刑台に向かって歩く人間のような怯えた表情だった。

「きみは……妹が嘘をついているとは思わないんだな？」そのとき彼の傲慢さや怒りは霧消していた。彼は無力に見えた。

アナベルはこの男性をそんなに好きではないけれど、この瞬間は彼をひどく哀れに感じた。

アナベルはうなずいた。

子爵は息をあえがせて泣きはじめた。手で口を押さえる。

「お気の毒です」アナベルは心から言った。なにをしても彼を慰めることはできないとしても。

けれど、子爵が悲しみを見せたのはそのときだけだった。深く不規則な呼吸が徐々に穏やかになる。きつく引き結んだ口から手をおろす。背筋を伸ばす。悲痛な苦しみを押しのけるための肉体的な努力を見ているのは妙な感じだった。

そのときアナベルは、人が互いを傷つけるさまざまな方法について考えた――暴力、戦争、怒り、復讐。そして人が愛し合うことを。愛の深さ、広さ、美しさ、苦しさを。

彼女の心はセオの名前を繰り返した。

人が心の中にこれほど極端な闇と光を同時に持つことがどうして可能なのかわからないけれど、実際同居している。人は皆そうしている。

「では、きみの妹はもう行ってしまったのだな？」

「行きました」

子爵はうなずいたものの、まだ逡巡している。そのときアナベルは、思ってもみなかったほど彼のことが理解できた。大騒ぎをして懸命に犯人を追いかけてきた彼はいま、明確な勝者のいない戦いに疲れてあきらめることと、義務感によって追及をつづけることのあいだで葛藤しているのだ。

義務感は簡単に振り払えるものではない。許しは簡単に得られるものではない。それはアナベルも知っている。けれどこの件に関して、アナベルが子爵に従うことはできない。

彼女は気持ちを引きしめた。「たぶんあなたはいまでも、わたしを牢屋に放りこみたいとお思いでしょう。わたしにもそのお気持ちは理解できます。でも言っておきますが、おとなしく連行されるつもりはありません。わたしはある人を待っているんです」

しかし、〝待つ〟は正確な言葉ではない。いま、アナベルは自分の人生を生きている。愛する場所にいる。

そう、もっと適切な言葉は〝求める〟だ。

アナベルはある人を求めている。

31

セオが小屋まで行ったとき、空はほの暗いピンク色に染まり、正面の扉は開いていた。誰かが馬をゆっくり駆けさせて離れていこうとしている。じっくり見てみると、頑固そうに胸を張った人物には覚えがあった。

ウエストバラ子爵の姿を認めたとき、セオは愕然とした。彼はアナベルになにを言うか考えていたけれど、彼女が危険に陥っている兆候を見た瞬間あらゆる思考は吹っ飛び、扉に向かって走りだした。

アナベルがこちらを向いて立っている。背後では泥炭《ピート》の小さな炎が燃えていた。彼女はセオが突然入ってきたことに少し驚いてはいるが、怯えたようでも傷ついたようでもない。まさにアナベルらしく見える。セオの胸の中で心臓が急速に大きくふくらみ、爆発しそうになった。

「大丈夫か？」セオはかすれた声でばかみたいに尋ねた。

アナベルはうなずいた。「彼は弟さんの事件の真相を知りたがったの」セオはなにか言おうと口を開けたが、彼女はつづけた。「心配いらないわ。彼は二度と来ないと思う」

ふたりは沈黙に陥った。セオには尋ねるべきことがあるはずなのに、なにも思いつかない。何年にも感じられる期間をへてアナベルとこんなに近づいたことに動揺している。幸いアナベルがセオを見る目つきに憎しみはなく、不思議なほど穏やかだ。理想的ではないにしても、期待以上ではある。

天井の穴、窓のひびにはいやでも気がついた。そういう修繕されない隙間から吹きこむ冷たい風に。自分は世界一の愚か者だ。アナベルにはもっといい暮らしがふさわしい。セオがこれまで与えようとしなかった、もっといい暮らしが。

でも、いまは与えたいと思っている。心の準備はできた。

視線は磁石のごとくアナベルに張りついている。強欲に貪るように彼女を見つめずにはいられない。アナベルはさっきまで屋外にいたらしく、髪は湿り、黄色いハリエニシダの小枝が危なっかしげに髪のお団子に刺さっている。鳥の卵を思わせる美しい青色のドレスの裾は泥だらけだ。

彼女は春の女神だ。たとえ百歳まで生きたとしても、セオは彼女を青色や黄色や緑色にまみれた姿として考えるだろう。

アナベルは自分が非現実的なほど美しいことを知っているのか？　セオが彼女の足元にひれ伏して祭壇のように彼女を崇めたがっているのをわかっているのか？

アナベルがなにも言わないので、セオは咳払いをした。「もっと早く来なくてすまなかった。いろいろと解決せねばならないことがあって」

彼女は返事をしなかった。黙ったまま、顔に落ちた髪を後ろに撫でつけた。胸が痛くなるほどセオに気後れしている仕草だ。そんな仕草をさせたことでセオは自らを憎んだ。アナベルは常に自信たっぷりで自由奔放な女性でなければならないのに。

アナベルはセオの後ろに目をやったまま話しはじめた。「よくここに来たわ。昔ここに住んでいた家族のことを想像して、みんなどこへ行ったのかと考えたものよ。時間を忘れることもあった。とくに晴れた夜には。草の上であおむけになって星を見あげ、どこかで彼らも同じ星を見あげて幸せに暮らしている、家を失ったり捨てなければいけなかったりしたのを悲しんではいない、と想像するのが楽しかったの」ため息をつき、切なげな笑みを浮かべる。「初めて遅くまでここにいてなかなか帰らなかったとき、伯母様に叱られたわ。すごく変な感じだった。伯母様を怯えさせたのを申し訳なく思った反面、とてもうれしくもあった。それまで、わたしのことを心配して叱った人はいなかったから。ほかのことではよく叱られたけれど、そういうのは初めてだった。その感じを味わうためだけに、もう一度同じことをしたくなったくらいよ」

胸が妙に締めつけられ、セオの目に涙がにじんだ。「でも、しなかったんだな?」

「ええ。それ以来、いつも行き先を言うようにしたわ。朝まで帰らなかったときに備えて。愛されていると感じるためだけに伯母様を心配させるのはよくないと思ったから」アナベルは体の前で両手を組んだ。「あなたが解決しなければならないのは、どんなことだったの?」

セオは進み出た。あまりに熱心すぎたけれど、突然体に力がみなぎるのを止められなかった。「わたしがどれほど後悔しているか、きみには想像もできないだろう。きみを苦しめたと思ってわたしがどれほど苦しんだか」

「見当はつくわ」

彼はベストの内側からくしゃくしゃの紙束を出してきた。こういうことにふさわしい瞬間がないのはわかっている。簡単に行える瞬間は。それでもやらねばならない。

「なんなの？」

「わたしの魂だ。きみに持っていてほしい」セオは紙束をアナベルに手渡した。

アナベルは一枚目を黙読したあと、唇を開いてセオを見あげた。「これは――」

「すべてだ。わたしが参加したすべての戦い。感じたすべてのこと」セオはひと息置いた。「この数週間、これにかかりきりだった。ロバートが協力してくれた。口に出して話すのは難しかった。そうしたらロバートが、書き出すことを提案したんだ」

そしてセオが自分の中にあるものを指先から羽根ペンへと移し、黒インクに託して心の内をあらわにしていくあいだ、ロバートはそばにいてくれた。セオは一度ならずやめようと思った。紙を払いのけたくて身が震えた。それでも、これはアナベルのためだ、アナベルのためにすべてを書き出しているのだと自分に言い聞かせた。

あるとき、それが変わった。単にアナベルのためだけでなく、自分のためでもあると感じたのだ。

時間の流れには沿っていないし、どれだけ意味が通じるかもわからない。時間は前に進み、また後ろに戻った。新しくなにかを思い出すたびに、話は逆戻りした。記憶という血管を切ると、血は止まることなくあふれ出た。

書いているあいだ、何度か吐き気を覚えた。一度か二度は実際に嘔吐した。心は、訓練されていない馬のように怯えて言葉から逃げようとした。あまりの重荷に耐えられなくなると、ロバートが紙を取りあげ、セオはしばらく休憩して乗馬や散歩に出て気持ちを落ち着かせた。ときどきベストのポケットに手を入れ、アナベルの花瓶のそばから取ってきた貝殻に指先を押しつけた――なぜかぎざぎざした溝の感触が心を穏やかにし、立ち直らせてくれた。それからまた書く作業に戻るのだった。

自分に命じて、これまでに感じたあらゆる気持ちを思い起こし、それらを考察し、認識した。受け入れた。ついに、そんな感情を解放できるようになった。

これ以上なにも思いつかなくなって書き終えたとき、四肢から力が抜け、目は潤んだ。正直なところ、気分がよくなったとはいえない。半ば死んだ気分だった。心臓は胸の中でまだ拍動しながらもふたつに裂けたみたいだった。

地獄の底まで行ったような感じだった。

そして戻ってきた。

アナベルの視線は、彼といま自分が手に持つ紙束のあいだを行き来した。「セオ」そっとささやく。

「きみは銃剣の傷について尋ねたことがあっただろう。あれは……細かいことはどうでもいいが、我々はフランス軍を待ち伏せして襲い、すぐに大混乱が生じたと言えば充分だろう。わたしの連隊に、ある男がいた。若くて、自分の力を証明することを熱望していた。結婚はしていたが、まだ少年といってもいいくらいの年齢だった。彼の妻が野営地まで一緒に来ていた。彼の名前はトーマス・レアンダーだ」戦友の名を口にしたときセオはいったん言葉に詰まったが、また話しだした。

「なぜか彼はわたしを慕ってくれており、わたしはできるかぎり彼を守ろうとした。ある戦いのとき、トーマスはわたしの横で戦っていた……フランス兵が彼を狙った……わたしはそれを見ていた……見ていたんだ……なのに反応が遅れた。フランス兵は狙いをそらさなかった。トーマスに致命傷を与えた。わたしはフランス兵に撃ち返して相手を殺したが、敵は倒れる前に銃剣でわたしの肩を刺し貫いた」

セオはそこで言葉を切り、なんらかの反応を待った――おそらくは戦いの描写に対する恐怖のあえぎを。でもアナベルは黙っていた。

セオは自分の手を見おろして先をつづけた。彼は長いあいだ、なぜ自分の手は血で汚れていないのかと不思議に思っていた。トーマスのみならず、彼が殺したすべての人間の血で。なぜ手はこんなにきれいなのか？

彼が書いたことのひとつは、ある死んだフランス兵が手に握っていた細密画を見つけた話だった――女性と幼い少年を描いた絵。兵は死ぬとき家族の絵を見つめていた。このことに関してセオが書いたのは、単に敵だと考えていた――そう考えることしか自分に許さなかった――相手が、自分や一緒に戦った仲間とそんなに大きく違わない人間だったという意外な発見だ。

それを書いたとき、セオは悲しむことを自らに許しはじめた。トーマスの、そしてすべての人々の死について悲しむことを。

彼は深呼吸をしてベストのポケットの貝殻に指を触れ、話をつづけた。「わたしがトーマスの前にひざまずいたとき、彼はすでに大量の血を失っていた。瀕死の状態だったが、自分の遺体は妻のところに運んでくれと頼んできた。だからわたしはそうした。怪我をしていないほうの肩に彼をかつぎ、野営地まで走って戻った。皆はわたしを英雄と呼んだ。わたしは反論しなかった……わたしが守れなかったからトーマスが死んだことは話さなかった。そのとき、凍った池に落ちて息ができなくなったみたいに感じた。恐怖で感覚が麻痺したような感じだった。苦痛を覚えたのは、あとになってからだ」

「いまの話を、その人の奥さんにもしたの？」

セオはうなずいた。「話した相手は彼女ひとりだけだ。そして、臆病者のわたしは彼女から非難される前に立ち去った。それ以来彼女とは言葉を交わさなかった」

「彼女があなたを非難しているかどうかはわからないでしょう」アナベルがそっと言う。

「非難して当然だろう？」

アナベルはセオの腕に触れた。「あなたはできるかぎりのことをした。ほかの誰でも同じことが起こったはずよ」

「だが、わたしのせいであんなことになった」

「立場が逆だったら、あなたはトーマスにそんな罪悪感を抱いてほしいと思う？」

セオはこぶしを握りしめた。違う。誰もそのような罪悪感を抱くべきではない。セオ自身それに気づきかけてはいたけれど、アナベルの確信、アナベルの揺るがぬ愛は、妙なる音楽のように響いた。セオはトーマスを助けられるほど迅速に行動しなかったにしても、精一杯の努力はした。それに、彼は彼でしかいられない——人間。単なる人間。短所や長所を持つ人間。

別の兵士が同じ話をセオにしたなら、彼はその兵士を責めなかったはずだ……セオがそんなに性急に自らを責めたのは間違いだったのかもしれない。

「不思議なんだが」セオは考えながらつづけた。「そんなことがあったらわたしは将校を辞めて当然だと思うだろう。怪我をしたとき軍隊を去るしかなくなったことに安堵して当然だと。だが、わたしは長いあいだ戦場しか知らなかった。どんな顔で家族に会えばいいのかわからなかった。戦場での新たな記憶を持って、どうやって昔の生活に戻ればいいのかわからなかった。わたしは怯えていた」

彼の腕をつかむアナベルの手の力が強くなった。その圧力は穏やかで彼を安心させてくれる。「残りを読んでもいい?」

セオがうなずくと、アナベルは土の床に座りこみ、暖炉の火明かりに照らされる角度に紙を持っていった。セオは一メートルほど離れたところに座って待った。きつく張りすぎたハープの弦のように身を硬くして。

「セオ」アナベルがささやく。

セオは顔をあげた。彼女は紙を横に置き、彼の隣で膝立ちになっていた。どのくらいの時間が経過したのかわからないが、アナベルの顔には涙の跡がついている。

「どうだった？」彼の口から出た言葉は震えていた。あまりに大きなものがこれにかかっている。セオの全世界が。

「これを読んで、もともとわかっていたことが裏づけられたわ。あなたは高潔な人、親切な人、思慮深い人よ。そうじゃなかったら、こういう出来事にここまで深く影響を受けると思う？」

「アナベル」セオは覚束なく言ってアナベルを腕に抱いた。「昔の自分に戻れるかどうかわからない」

「そんなのどうでもいいわ」アナベルはセオの胸に手を置いてじっと顔を見つめた。彼女の感触がセオの中を流れ、彼の中に潜りこみ、彼を大地につなぎ留める。「わたしはあなたを知っている。あなたがどんな人かを知っている」以前セオが言ったことを、アナベルはささやき声で返した。「一生この重荷を背負いつづけることはできないのよ」

「努力している」セオは言った。「学ぼうとしている」

「そのあいだ、わたしはどこへも行かないわ」

セオはアナベルの髪に顔をうずめて泣きたくなった。悲しみゆえにではなく、痛いほど強い喜びゆえに。ふたりは長時間そのままの姿勢で感情に浸っていた。言葉にしなくても互いを理解していた。突然窓のひびから隙間風が吹きこんでふたりを小さく親密な世界から引きはがすまで、そうしていた。

「こんな暮らしをつづけてはいけない。この小屋はいつから放置されていたんだ？　十年か？」

「わたしはあまりたくさんのものを必要としないの」

「きみがなにを必要とするかなんてどうでもいい」セオはアナベルの顎の美しい曲線に口づけた。「わたしにとって大事なのは、きみになにがふさわしいかだ。きみは王妃のように暮らすのがふさわしい」

「わたしが？」

「そうだ」セオはきっぱりと言った。「そして王妃には城が必要だ」

アナベルは固まった。

「だから、わたしがたまたま城をひとつ相続していたのは幸運だった」

セオはアナベルの口元に浮かんだ小さな笑みが見えるよう少し顔を引いた。

「聞いた話では、この国で結婚するのは非常に簡単らしい」

「簡単すぎるくらいよ」アナベルが軽い口調で言った声は、ほんの少しだけ息が切れていた。

「望むなら、結婚しようと決めたらすぐ結婚していいの」

「わたしはそれを望んでいる」セオは言い、そこで言葉を切った。アナベルに心の準備ができていないことを無理強いしたくない。癒やしは坂をのぼるようなもので、セオは前進してきたものの、のぼり坂がどこまでつづくかはわからないし、終わりがあるかどうかも定かではない。アナベルがもっと時間を必要としているなら、セオにそれを否定するつもりはない。

「急ぎすぎかな?」

アナベルが笑う。その声を聞いただけでセオの頬はゆるんだ。不安がやわらいだ。「恐れ知らずのアナベル・ロックハートにとって? 欲しいものがあるときわたしは躊躇しないし、あなたはわたしのものにするととっくに決めているのよ」

そう、セオは心も体もアナベルのものだ。ずいぶん久しぶりに、それらが貧弱な捧げものだとは感じなかった。

心臓の拍動に合わせて、セオは自らを捧げると誓ってアナベルと唇を重ねた。やさしいキス。多くのキスのひとつ。願わくは何千回ものキス。アナベルはセオを引き寄せて横たわり、ふたりは愛を交わした。最初はゆっくり、やがて情熱的に、そしてふたたびゆったりと。ふたりには今夜ひと晩じゅうある。ふたりには生涯がある。

セオはいろいろなことをアナベルにささやきかけた――〝きみは望まれている〟、〝きみは求められている〟、〝きみは愛されている〟。アナベルも傷ついているからだ。いや、どんな人間もなんらかの意味で傷ついているのだ。

完璧な人間など存在しない。けれど、とふたりで唇を求め合っているときセオは考えた。完璧にぴったり合う人間同士は存在する。ある人々の角やぎざぎざの端は、この野性的で美しくて力強い大地で暮らしていくうちに均衡が取れて完璧に近くなる。

セオはすっかり消耗し、疲労困憊しながらも喜びに満ちあふれ、アナベルに守られるように抱きしめられて眠りに落ちた。そして寝心地の悪い土の地面に横たわりながら、夢も見ず何時間も深く眠った。

エピローグ

一年後

セオの変化は彼をよく知らない人にはかすかなものだったが、アナベルにとっては非常に大きかった。心の内をすべて書き出してアナベルに伝えたあと、彼が夜中にさまよい歩くことはなくなった――たいていは夜じゅう眠ることができた。アナベルがいつも見ていた彼の目のくまは薄れ、苦悩の表情はなくなった。

たまに調子の悪い日もあったけれど、それはどんどん少なくなっていった。それがいずれ完全になくなるかどうかはわからない。

けれども確実によくなってはいる。それに、ふたりで努力することができる。自分たちには時間がある。

大事なのは、セオが癒えつつあることだ。彼は自らを許せるようになってきた。それに、彼はアナベルが夢にも見なかったほど、どんな大胆な空想でも思わなかったほど、開けっ広げにやさしく愛してくれる。

アナベルにとって、ほんとうに大切なのはそれだけなのだ。

フィオーナから手紙が届いた。自分とメアリーは元気にしている、これからはもっと何通も書くとアナベルを安心させる手紙だった。その後もフィオーナは約束を守った。

やがて、ある曇った日、郵便配達が見知らぬ筆跡の手紙を届けてきた。

セオは不審そうに手紙を見た。客間の窓辺で手紙を広げたとき、彼の顔から血の気が引いた。

手紙に目を走らせるセオを見て、アナベルの心臓は早鐘を打った。「なんなの？」声を落として訊く。

「トーマス・レアンダーの奥さんからだ」セオが消え入りそうな声で答えた。ゆっくりテーブルまで行って座り、手紙を読む。やがて彼の手から紙が落ち、彼はしばらくのあいだあらぬほうを見つめた。

アナベルはどうすればいいかわからないままテーブルの向こうに回って手紙を拾った。頭が混乱してはっきり意味がつかめなかったけれど、ある段落だけが目を引いた――〝イングランドに帰国する前にもう一度あなたとお話しできなかったのが残念です。自分の悲しみに没頭するあまり、あなたの悲しみに気づくことができませんでした。でもわかっておいてください――もしもあなたがわたしの許しを求めておられるのであれば、わたしはお許しいたします〟

彼女はテーブルの反対側まで行ってセオの後ろに立ち、肩に手を置いた。長いあいだ、部屋で聞こえるのはふたりの規則的な息遣いだけだった。やがてセオが意識を取り戻したかのように動いた。

顔をあげてアナベルの手を取り、自分の頬を手のひらに押しつけ、少し震えながら息を吸う。

「うれしい?」

「想像もできないほどにね」セオはアナベルを自分の前まで引き寄せ、膝に座らせた。「わたしにはもったいないように思える。きみが受け入れてくれただけで充分だった。充分以上だった」

「だけど、あなたの一部分はこの許しを求めていたんでしょう」

「そんなことは願わないようにしていた。だが、そうだ、きみは正しいと思う」

「わたしはいつも正しいのよ」アナベルは眉をあげた。

セオは指先で彼女の眉の曲線をなぞった。「ひねくれた女だな」

「ひねくれたところが好きなくせに」アナベルは彼の耳にささやきかけた。

セオがにやりと笑ってアナベルを引き寄せ、喉のあらゆる部分に口づけを始める。それに夢中になっていたとき、カトリオナがむっつりした顔で小さな銀の皿を持って部屋に入ってきた。愛情表現が過剰だといったようなことをぶつぶつ言いながら。

カトリオナは蓋をした皿をスプーンとともにテーブルに置き、また大股で出ていった。

「これはなんだい?」セオはアナベルを抱きしめたまま尋ねた。

「一周年記念の贈り物よ」

彼はいぶかしげに皿を見つめた。アナベルは皿を引き寄せて仰々しく蓋を開けた。中の食べ物を見るなりセオは頭を反らして笑った。彼はいまだにほかの人ほど気軽に笑わないけれど、いまの笑いは明るく大きく楽しそうな声なので、アナベルにはそれで充分だった。

彼の一回ごとの笑いを、貴重なものとして切望している。

「あなたの大好物よ、わたしの記憶が正しければ」

「たしかにそうだ」

アナベルは眉をあげた。「食べる前になにか言うことはないの？」

「魔女め」セオの悪態は、罵りというよりむしろ愛情をこめた呼称に聞こえた。「わたしがしたいことはひとつだけあるが、それは言葉を伴わないものだ」

セオは皿とスプーンをアナベルの手から取りあげた。レモンクリーム少々を彼女の唇に塗りつけ、蜂が蜜を吸うようにそれを吸い取る。今度は鎖骨に塗って舐め取る。ボディスを引っ張ってクリームを乳房に垂らし、むしゃぶりつく。

アナベルは彼の腕に指を食いこませ、うめき声を懸命にこらえている。またカトリオナが入ってくる前にデザートを寝室に持っていったほうがいいと考えているとき、セオが顔をあげて唇にキスをしてきた——クリームのように酸っぱくて甘く、さわやかで、けれども慣れた味のキス。

「これが」セオはアナベルの頭の中を読めるかのように言った。「わたしが味わった中で最高のレモンクリームだ」

謝辞

初期の段階からこの本をつくるのに協力してくださったアリシア・トーネッタに大きな感謝を。常に驚嘆すべきエンタングルド・パブリッシングのチームに。そして最後にすばらしい夫に。彼はわたしとともに大海を渡り、わたしに代わって道路の左側を運転することまでしてくれました……すべてリサーチのためにね、ベイビー！

訳者あとがき

戦争は人を傷つけます、体だけでなく心も。そして実際に戦った人だけでなく、その周辺の人をも。この作品は、戦争で心身に傷を負った男性の癒やしと再生の物語です。

イングランド人セオ・タウンゼンドは弟妹とともにスコットランドの城に向かっています。疎遠だった祖父の伯爵が亡くなり、思いがけず爵位と領地を相続することになったからです。悲惨な戦争で脚を失い、いまだ悪夢に悩まされている彼は、荒涼たるスコットランドの田舎の城で隠遁生活を送る機会を歓迎しています。広い城なら弟妹と離れて自分ひとりで過ごせる部屋もあるだろうし、できるだけ他人とかかわらずに暮らしていける——セオはそう期待していました。

ところが無人だと聞いていた城に着くと、そこにはすでに誰かが住んでいました。亡き伯爵の義理の妹と、その姪アナベル・ロックハートです。

早くに両親を亡くし、親戚のあいだをたらいまわしされて冷たい仕打ちを受けてきたアナベルは、人里離れた城でひとり暮らす伯母を頼ってこの城に来ていました。ともに独立心旺盛なアナベルと伯母は意気投合し、いまはこの原野《ムーア》に囲まれた城で制約を受けない自由な生活を謳歌しています。

他人との交流をできるかぎり避けてひっそり暮らしたいセオは、アナベルと伯母が城を出ていくことを求めます。一方アナベルは社会の規約に縛られずのびのび暮らせるこの城を気に入っている上、どうしてもここを離れられない秘めた事情もあります。

アナベルはあの手この手を使って城にとどまれるよう画策します。この城に住むのは不便で危険だと彼に思わせて追い払おうとしたり、愛想よく懐柔して自分たちを置いてもらおうとしたり……。けれどもセオの決意は固く、なかなかアナベルの思うようにはいきません。

そうして意地の張り合いをしているうちに、彼らは惹かれ合うようになります。しかしふたりの仲は簡単に進展しません。セオは戦争で負った傷ゆえに、どうしても他人に心を開くことができないのです。

アナベルが彼を癒やして自分の求めるものを得ようと奮闘する様子を、どうぞ温かくお見守りください。

著者のリリー・マクストンは二〇一四年にデビューして以来、主にヒストリカルロマンスを発表しています。本書は〈タウンゼンド〉シリーズの第一作。ご想像のとおり、タウンゼンド家の四人をそれぞれ主人公としたシリーズです。兄思いの弟妹三人が今後どんな幸せをつかむのか、興味は尽きません。

二〇一八年十一月　　草鹿　佐恵子

壊れた心のかけら

2019年02月16日　初版発行

著　者　リリー・マクストン
訳　者　草鹿佐恵子
（翻訳協力：株式会社トランネット）
発行人　長嶋うつぎ
発　行　株式会社オークラ出版
〒153-0051　東京都目黒区上目黒1-18-6　NMビル
営　業　TEL:03-3792-2411　FAX:03-3793-7048
編　集　TEL:03-3793-8012　FAX:03-5722-7626
郵便振替　00170-7-581612（加入者名：オークランド）
印　刷　中央精版印刷株式会社

定価はカバーに表示してあります。
乱丁・落丁はお取り替えいたします。当社営業部までお送りください。

ISBN978-4-7755-2842-6